Madeleine

DU MÊME AUTEUR

Ma place sur la photo, *Grasset 2004*

Chicken street, *Grasset, 2005*

Le Vieux Juif blonde, *Grasset, 2006*

Amanda Sthers

Madeleine

roman

Stock

Les vers reproduits en pages 88, 89, 90, 91 et 92 sont extraits de la chanson *Madeleine*, paroles de Jacques Brel, musique de Jacques Brel, Jean Corti et Gérard Jouannest.

ISBN 978-2-234-06079-1

À Orianne et Briag

Grave. Sombre. Épaisse. Sensuelle. Une voix du matin qui sentait le café chaud. Une voix d'homme. La première fois ce n'était qu'une voix. Déjà au téléphone Madeleine ne s'était pas sentie à la hauteur. Il voulait la Bretagne mais pas sa femme. Sa femme lui disait qu'il suivait le cercueil, qu'il fallait faire le deuil, que le fait que son père soit enterré à Quimper ne les obligeait pas à passer leurs vacances sous la flotte. Son psy disait que c'était ainsi, qu'il devait aller au bout.

Et elle ? Que disait-elle ?

« Qu'en dites-vous ? » lui avait-il demandé.

Madeleine, agent immobilier chez Kerguikou View, avait répondu qu'elle pouvait lui montrer plusieurs propriétés.

« Demain ? »

Oui, demain, elle pouvait.

Des moyens et l'envie de dépenser de l'argent avait senti Madeleine dont c'était le métier depuis presque douze ans. Elle lui montrerait trois maisons, quatre si elle parvenait à avoir les propriétaires en ligne.

Rendez-vous fixé à l'aéroport de Brest. Lendemain matin.

Comment se reconnaîtraient-ils ?

« Un agent immobilier ça se reconnaît, avait-il dit, comme quand vous repérez un pigeon mais dans l'autre sens.

– Je n'ai pas tout compris mais je serai là, monsieur… ?

– Castellot. Comme un vieux château petit.

– Je suis Madeleine. »

Le soir, Madeleine mange seule comme les autres soirs. Elle cuisine au beurre puis regarde la télé. Elle vit seule mais elle ne s'est jamais assise au milieu du canapé. Toujours laisser une place à l'espoir du cul d'un homme près du sien. Elle était prête à tout : à céder le contrôle de la télécommande, à soigner ses dessous, à faire de la couture.

Personne ne le lui a jamais demandé.

Elle regarde les chanteurs. Elle bouge la tête comme les chiens rigolos à l'arrière des voitures. Il y a une asymétrie entre les rides de ses yeux et celles de sa bouche, entre les larmes qui ont coulé et ce qu'elle en a dit. Une asymétrie entre sa vie et son dedans. Tout cassé, tout poussif, tout violent. Tout plein de chagrins secs en poudre d'escampette. Il y a un mal au milieu de son crâne. Qui ne la lâche pas. Qui ne la lâche pas. Une blessure qui continue de blesser. Qui irradie jusqu'en bas de ses jambes.

La mère de Madeleine était une fille du Sud. Son mari, qui ne la regardait pas, avait le sang alcoolisé des Bretons et des yeux d'un bleu gris tempête d'Ouessant qu'il avait donnés à Madeleine. Il lui avait laissé quelques marques de coups du même bleu qui n'en finissaient pas de lui faire mal, trente années plus tard. Un jour, à jeun, le lendemain d'une grande rouste, il avait emmené sa fille déjeuner au Conquet. En face du magasin de souvenirs de son grand-père. Il avait mis son beau pantalon. Savait pas trop quoi dire. Ils ont commandé deux crêpes blé noir œuf miroir. Jour de fête.

Ils mangeaient. On entendait la petite mâcher.

Il l'aimait sa petite. La battait mais l'aimait.

« T'aimes ça l'école, Mado ? »

L'école. Elle y allait comme on sort du ventre de sa mère. Poussée par la vie. La tête qui passe, voilà. Y a pas le choix.

« J'ai le choix ? » avait demandé Madeleine. Elle avait presque huit ans.

« Tu veux finir comme moi ? »

Non, elle voulait pas travailler sur les chantiers, fabriquer des bateaux ou les nettoyer puis les regarder partir. Puer le poisson et pas avoir les moyens d'en manger. Pas comme sa mère non plus. Pas repasser. Pas aller à la messe. Pas croire. Regarder. Juste regarder.

Ce soir, c'est une émission de variétés. Avec les chanteurs de la veille. Ça la rassure, Madeleine. Elle n'aime pas les nouvelles têtes. Les nouvelles voix. Elle se souvient bien de la voix de son père, mieux que de son visage.

Elle était jolie ce jour-là, à huit ans. Dans le restaurant du Conquet, des touristes asiatiques l'avaient prise en photo. Elle était « typique ».

« Maman dit qu'elle veut habiter en Provence chez papi.

– Qu'elle y aille. Fait trop chaud. Puis y a pas de bateaux. Je fais quoi moi, là-bas ? »

Madeleine avait pensé tu boiras du pastis au lieu du cidre puis, nous, on aura chaud.

« Tu sais Mado, avait dit son père qui sentait déjà le vin rouge au milieu du déjeuner. Tu sais les cigales... », puis il avait imité longtemps leur crissement, tss, tss, tss..

Il était juste devant les narines de Madeleine, presque avinée par l'haleine de son père.

« Les cigales, Mado, ça chante parce que ça meurt. C'est un chant de fin de vie. Tss, tss... Imagine tous ces tss... Tous ces corps de bestioles mortes. Ça te fait envie, toi, la Provence ? Ce cimetière d'insectes ? »

Il avait ri très fort tout le long de la froment beurre sucre. Puis, dans la boutique de souvenirs du grand-père, Madeleine avait eu un bilboquet. Tout ce qu'elle entendait c'était le bruit des cigales qui mouraient, qui ne lâchaient pas sa tête. Tss... Tss... Son père mourut sans un son, d'une cirrhose du foie, quelques jours plus tard.

Son souvenir d'après, c'est sa chambre chez papi et le bruit lancinant des cigales qui lui dit que son père pourrit à l'autre bout de la France et qu'un jour ce sera son tour. Sa chambre est pleine de soleil. Madeleine se sent coupable d'en être heureuse. Grâce à la mort de son père, elle vit au soleil. Elle se sent mal quand elle enfile une robe, quand une tache de rousseur vient amuser sa joue. Coupable tout le temps. Triste de ne jamais retrouver son père dans le paysage, même pas dans le miroir. À part les yeux, Madeleine a tout pris à sa mère. Les cheveux filasse qu'elle permanente. La grosse poitrine, la taille fine et les hanches grasses. Toutes ces expressions de province aussi : « un p'tit paletot », « un p'tit chandail », « tiens, mets ta p'tite laine tu vas prendre froid ». Tout est petit. Madeleine se sent à l'étroit, pourtant son corps est trop grand pour elle. À dix-huit ans, elle flotte dans sa peau. Trop de chair, trop de seins. C'est à elle, ça ? Ces seins aux bouts qui se dressent ? C'est elle qui laisse entrer ce garçon en elle ? C'est un soir, elle n'a pas seize ans, il vomit après avoir joui en Madeleine, et le chant des cigales s'en amuse. Deux ans plus tard, Madeleine retourne en Bretagne. Elle se fond dans le paysage. Elle trouve un travail. On ne la voit plus. Elle s'oublie. Elle rythme sa vie et ça lui fait du bien. Dieu que ça lui fait du bien. Comme un bébé qu'on berce. Elle n'a plus honte d'avoir laissé son père. Elle se sent mieux en cachette dans ses vêtements chauds et sous ses chapeaux de pluie. En Bretagne, tout le monde marche vite. « D'un bon pas », disent les Bretons. Ici, à Brest, Madeleine entend la mer. Elle la voit de sa chambre si elle se colle bien au fond du lit. Elle en voit un bout sous sa couverture. Il y a eu d'autres va-et-vient en Madeleine. Dans son sexe, dans son cœur. Personne n'est jamais resté, même pas un enfant. De quoi se souvient-elle d'autre ? C'est comme si la suite avait pris tant de place qu'il avait fallu chasser le reste. Elle n'a plus aucun signe de sa propre vie, plus d'anecdotes. Elle sait qui elle est, d'où elle vient mais elle ne sait plus comment. Madeleine a une peur panique de sa mort. Celle avérée ou éventuelle des autres la peine mais la sienne lui enlève presque la possibilité de remplir sa vie.

La nourriture a un effet immédiat, ça lui plaît à Madeleine. Manger la rassure, aller aux toilettes aussi. Tout ce qui lui confirme que son corps est en état de marche la ravit. Le sexe lui a toujours plu aussi alors que l'amour lui fait peur. Elle a rarement eu le loisir d'y réfléchir puisque souvent les garçons se limitent à trouver l'entrée de Madeleine puis la sortie de son appartement mais, d'instinct, elle s'en est méfiée. Alors, Madeleine laisse des garçons inconstants, mariés, ivres ou les trois à la fois la choisir pour la bagatelle. L'amour dans les séries télévisées, ça oui. Elle ressent d'ailleurs quelque chose de profond pour Brandon Bradley, star de *Destins croisés*. Il est toujours là à l'heure ; sauf flash spécial, toujours beau, toujours doublé par une voix suave. Brandon Bradley est fidèle au poste, comme Madeleine. Dans ses rêves, tout se passe bien avec Brandon. Ils voyagent dans des endroits merveilleux. Elle porte des tenues de cocktail, ils rient, on entend le choc enchanté des coupes de champagne. Le champagne qui coule derrière l'écran a effacé dans une mousse de réconfort le passé de Madeleine. Enfant, Madeleine préférait se forcer à ne rien retenir plutôt que de devoir oublier ensuite. Pas se souvenir des dents du chien. Pas se souvenir de la maîtresse. Pas se souvenir des vagues hautes. Pas se souvenir de l'eau salée qui lui léchait les pieds et picotait ses blessures. Pas se souvenir.

Castellot va tout balayer. Et ce sont les gestes de cet homme qui l'autoriseront à se rappeler. Même les mauvais moments. Demain, elle sera obligée de vivre. Elle est bien, congelée dans sa Bretagne, hermétique aux sentiments, parmi des visages connus avec lesquels elle ne risque rien. Mais voilà, Castellot approche. À l'heure qu'il est, il termine sa mallette pour le lendemain. Il a des dossiers à relire dans l'avion. Sa femme s'est déjà glissée dans les draps tendres de leur grand lit. Elle est tout au bout, à un endroit où leurs corps ne se touchent pas, ne prennent même pas le risque de se frôler. Pourtant elle sent bon, elle porte une nuisette, elle fait illusion. S'il en avait envie, elle accepterait de simuler. C'est une bonne épouse. Une bonne mère. Ils ont deux enfants qui ont grandi, qui leur échappent. Castellot a du mal à créer des liens avec eux comme avec beaucoup de gens. Il est gentil mais lointain, il a peur de tout. À le regarder, personne ne pourrait s'en douter, mais c'est un homme qui souffre. Castellot vérifie que ses billets d'avion sont à la bonne place. Ça le rassure. Ça lui évite de penser qu'il n'a jamais rendu visite à son père ces deux dernières années. Qu'il a attendu qu'il meure pour prendre l'avion. Et maintenant voilà qu'il veut acheter une maison en Bretagne. Sa femme se moque de sa culpabilité, elle lui conseille une analyse. C'est moins cher qu'une maison dans laquelle il ne foutra jamais les pieds. Castellot hésite. Quelque chose lui rappelle qu'il faut y aller. Il a mal dans la gorge. Il a des reflux acides. Pour les faire taire, il vérifie son passeport. Le pli de son pantalon. Il jette un dernier regard à ses dossiers. Il se brosse les dents une seconde fois. Il reconnaît son père dans le miroir. Ce père qu'il admirait tant, enfant, quand ils allaient faire du bateau à la pointe du Conquet. Il se rase de près. Mais jamais, jamais, il ne pleure.

Madeleine vit dans une maison longue comme une cigarette. Il y a trois étages. Le salon et la cuisine sont en bas, puis la chambre de sa grand-mère morte qu'elle a laissée intacte et, tout en haut, sa chambre et une petite salle de bains.

Madeleine s'endort emmitouflée. La maison est humide et vieille avec une vague odeur de pisse. Les draps ont toujours l'air mouillés. Le linge pleure en Bretagne.

Dans la chambre de la grand-mère, il y a encore ses pantoufles et son grand châle écru. Son lit en bois est surplombé d'un Jésus cloué aux jambes frêles. Il y a des taches sur le papier peint. Sur la commode est posée une boîte de galettes en fer qui contient des photos et des lettres, Madeleine n'a jamais osé y toucher, de peur de découvrir quelque chose qui puisse lui remuer le cœur. Elle la caresse, elle prend le cadre avec la photo de son grand-père, elle la regarde longtemps, puis elle sort et la chambre ne bouge pas.

Madeleine regarde souvent le christ. Elle déplore ce drap sur son sexe. Il est le seul homme de la maison. Elle se pose des questions sur Jésus, des questions qu'elle n'a jamais osé poser au curé parce qu'elle sent qu'elle soulèverait quelque chose de mal, de plus grave que le drap. Si jamais la Vierge avait été une authentique vierge, cela signifierait qu'elle a été déflorée par son fils. Ça fascine Madeleine. Sans le savoir, elle ramène la religion chrétienne à la vénération d'un œdipe accompli. Madeleine n'entend pas grand-chose à la psychanalyse. Elle ne lit pas beaucoup non plus. Enfant, elle aimait bien ça, mais il n'y avait pas de livres chez elle, dans son quotidien. Ce n'était pas une chose qui se faisait de lire. Ça n'aurait servi à rien.

Il y a du silence. La télé est éteinte. Madeleine écoute souvent ses propres pas, sa respiration, la pisse qui coule, la chasse d'eau qu'elle tire. La brosse qui fait mousser le dentifrice sur ses dents. Les cotons-tiges dans ses oreilles. Elle s'entend vivre.

Madeleine se couche tôt ce soir. Elle replie les draps sur elle. Elle est à droite dans le grand lit, le coussin près du sien est neuf et moelleux. Elle caresse les draps, elle les lisse bien. Elle dégage ses cheveux derrière les oreilles. Le temps semble fondre, vaincu par les habitudes et les non-événements. Il n'avance que pour rythmer une animalité. Les repas. Le coucher. Mais il ne passe pas vraiment pour Madeleine qui n'attend rien et que le temps risque d'oublier. Déjà morte dans sa vie sans remous. En terre, sous ses draps.

Madeleine porte une jupe noire qui épouse ses courbes riches et un pull en mohair. Il est neuf heures dix. Le premier avion de la journée vient d'atterrir à l'aéroport de Brest-Guipavas. Provenance de Paris. Il est à moitié vide. Madeleine attend devant les portes qui s'ouvrent puis se ferment comme des couperets. Castellot s'avance vers elle. Coupé par le gris des portes qui le cachent puis le démasquent et le laissent passer enfin. Il vient vers elle. Dès qu'il la frôle, elle devient moite. Elle baisse les yeux jusqu'à sa voiture et ne juge pas opportun de lui clamer la devise de l'agence : « Vous rêvez, nous trouvons. » Slogan fort efficace et intelligent, trouvé par la famille Kerguikou, un soir de fête.

Castellot n'est pas loquace. Il répond sur son portable et demande à Madeleine de l'excuser par un signe de la main. Une fois assis dans la voiture, Madeleine lui tend les dossiers de leurs visites. Ils roulent longtemps. Les routes sont droites. L'horizon sans surprise. Le poste de radio de Madeleine est réglé au plus bas. On entend juste quelques accords et des voix aiguës. Castellot ne semble pas s'en soucier. Il se sent mal. Il a un haut-le-cœur mais Madeleine n'en sait rien. Il se demande ce qu'il fout là. Est-ce qu'il pense à sa femme ? Il ne pense plus. Il est loin. Comme coupé de ce qu'il est devenu. Il est ce qu'il est. Il n'a pas besoin de le dire. Il se sent libre dans cette prison rocheuse et cette mer qui n'en finit pas. C'est ça le bout du monde, le Finistère. La fin de tout.

Au rond-point il y a un panneau qui indique le Trez Hir, c'est à quelques kilomètres. Castellot monte le son.

Et d'aventure en aventure... de train en train, ta ti ta ta... Je n'ai pas fermé la blessure de tes na ni na ni na na...

Ils prennent une allée à quelques mètres de la plage, à côté du club de voile. Ça les mène devant la première propriété. C'est une maison neuve déguisée en vieille chaumière, avec soin. C'est drôle, a pensé Madeleine, ce matin, je m'acharnais à appliquer plusieurs couches de fond de teint pour cacher mes rides...

Castellot la regarde. Il sait que ce n'est pas elle mais quelque chose l'attire. Il faut la pénétrer, respirer ceux qui ont vécu dedans. Elle a l'air confortable. Elle est presque trop abordable, trop peu chère pour lui faire vraiment envie.

« Ça vaut la peine, insiste Madeleine, c'est la moins jolie des trois mais elle a de bonnes ondes. Quelque chose de magique. »

C'est vrai. Castellot a fait un tour. Tout y est charmant. Sans faute de goût. Très *Elle déco*.

« Pourquoi vendent-ils ?

– Le couple divorce. »

Leurs photos sourient pourtant dans les cadres ainsi que celles de leurs deux enfants. La femme a décoré cette maison pendant des années et quand chaque détail a été à sa place, chaque affaire dans son placard, elle a commencé à s'engueuler avec son mari, à casser des vases, à déranger.

Castellot ne va pas acheter la maison mais il est resté un long moment sur le banc dans le jardin. Derrière les feuilles, on voit la mer. On l'entend. On la sent. Il y a une pelouse bien tondue. De petites pierres qui délimitent un sentier qui mène à un mimosa bousculé par le vent avec tendresse. Madeleine s'assied près de lui à l'autre bout du banc. Ils partagent un silence. C'est un moment intime. Castellot ne le brise pas mais se lève et avance jusqu'à la voiture.

Madeleine le suit. Elle met le contact et lui donne le dossier de la deuxième propriété. Il s'agit d'une maison de pays début XIXe. Les vieilles maisons sont rares. Beaucoup ont été bombardées pendant la guerre et la Bretagne est une dichotomie. Un paysage ancien, préservé et sauvage et des maisons modernes construites à la va-vite. Trop blanches, trop serrées. Trop frêles. Les photos montrent l'âme du lieu. Le terrain est très grand, planté de chênes centenaires. Madeleine précise qu'il y a des écureuils dans le jardin. Castellot pense qu'il devrait lui faire croire qu'il en mange, ce serait une bonne blague mais l'idée lui suffit. Madeleine précise qu'il faut refaire l'intérieur. Mais c'est une affaire. Le vendeur veut partir dans une maison de retraite. Les gars du coin disent qu'il a une poule aux Hespérides de Quimper. Une octogénaire veuve et friquée qui cache ses billets dans sa gaine. Madeleine rit. Elle a un joli rire de clochette qui déride Castellot. À son tour, il sourit de bon cœur. Oh, on roule mal, c'est le jour du marché de Saint-Renan. Ce serait bien de traverser à pied. Ils passent devant les canetons, les lapins nains. Devant le fromage. Devant le cidre doux, le brut, et celui qui est un mélange des deux, le demi-sec. Comme Castellot.

Quand il était petit, son père lui achetait un

lapin pour jouer pendant les vacances. Castellot lui donnait un nom. Il le chérissait. Il y avait eu Dagobert, Olga, Jacqueline (en hommage à Bisset) et Sovetoi. Il y en a même un, Giboulée, qui aimait le chocolat. Les beaux jours déclinaient et venait la tradition de la rentrée. Malgré les pleurs, on mangeait le lapin début septembre. Le père le prenait par les oreilles puis lui faisait « le coup du lapin » en riant. « Il s'y attendait pas le con. » Il lui fracassait la moelle épinière à la hauteur du cervelet puis il l'écorchait, lui enlevait la peau, peut-être encore vif. On le préparait puis on le servait rôti avec des petits pois. Castellot était forcé de mastiquer, de rentrer sa gerbe et ses larmes. Fallait pas devenir un pédé. Puis il repartait en pension avec le goût de son ami mort dans la bouche.

Castellot se penche et il achète deux petits lapins. Madeleine est devant. Quand elle se retourne, elle voit son client qui tient deux grandes oreilles dans chaque main. Ce type est décidément plus original que son aspect, impeccable et lisse. Les lapins gigotent mais Castellot les rassure.

Madeleine ouvre une grille à l'aide d'un code. Elle ne lui pose pas de question sur les petits lapins qu'il tient avec naturel comme deux sacs de voyage. Castellot apprécie.

« La propriété s'étend jusqu'à la colline là-bas. Voici la maison principale et sur votre droite vous avez des dépendances qui peuvent servir à loger des gardiens ou des amis. »

Castellot fait quelques pas et rend la liberté à ses lapins. Il regarde la maison un long moment, allume une cigarette et en tire une bouffée.

« Je n'aime pas », dit-il et il rebrousse chemin suivi par Madeleine. Elle trottine derrière les grandes enjambées de Castellot. Et les lapins aussi, dans l'autre sens. Libres.

Ils dépassent Plabennec. Madeleine s'interroge. Elle pense aux lapins. Elle pense à lui. Il est habillé comme un cadre mais il a l'allure d'un cow-boy. Il en a la démarche, l'assurance, la solitude aussi. Il lui plaît. Si elle avait été une femme comme les autres, elle serait tombée amoureuse de lui.

Castellot pense que, si sa mère avait vécu, elle l'aurait protégé de ça, qu'elle aurait sauvé ses petits lapins. Il n'a que trois photos d'elle dont une de dos. Elle était orpheline, elle avait connu son mari, le père de Castellot, à seize ans, fait un enfant à dix-huit, une jolie petite fille, puis avait accouché de lui un an après, puis elle était morte. Elle avait dans le regard un air doux et bon. De grands yeux bleus qu'elle avait laissés à son fils. Quand il se regarde dans un rétroviseur,

Castellot imagine une femme tout autour de lui, des cheveux longs, une bouche pulpeuse et il voit sa mère. Ils roulent longtemps, en paix. Ils ne s'obligent pas à se poser des questions. Le portable de Castellot sonne mais il ne répond pas, il le laisse se noyer dans le bruit du vent. Il y a du soleil. Ils ont ouvert les fenêtres. On pourrait croire qu'ils sont un couple. L'idée rend Madeleine toute molle, prête à s'offrir.

Madeleine se gare. La troisième maison est un phare blanc.

« Ça surprend ! dit Castellot.

– En fait, il faut le penser comme un loft. Plusieurs étages de vie ouverts… »

Dans les escaliers, elle le précède. Le bonheur a laissé sa place à la tension. Une tension presque érotique. La jupe de Madeleine colle à son entrejambe quand elle monte. Ça la gêne, elle essaie de la retenir, et lui retient son envie d'y glisser la main, de tirer sur le bout de tissu.

« Bien sûr, il faut aimer les marches », dit-elle essoufflée.

Ils se sont regardés puis ils ont baissé les yeux vers leurs chaussures fatiguées. Castellot a des cils de femme, on dirait ses yeux bleus soulignés d'un trait de khôl. Il a des yeux de poète qui dénotent avec tout ce qu'il est, cet être programmé, ce gosse de riche en costume bien coupé. Ce type qui suit sa route, droite, sans chemins de traverse. Madeleine a repris courage. Ils ont atteint la salle de guet du phare.

« C'est vrai que c'est magique. Mais ma femme… Ce n'est pas trop son genre ! Elle n'est ni artiste déco, ni sauvage. Elle aime le confort. Il faudra concilier une maison avec une âme et le confort…

– Je pense que j'ai ce qu'il vous faut mais il faudrait revenir. La semaine prochaine. C'est compliqué pour vous ? »

Il regarde au loin. Il crève d'envie d'acheter ce phare, comme ça, juste pour le posséder.

Dans la voiture. Entre eux, il y a un espace de bonheur. Ils le saisissent en silence, sans savoir ce qu'il cache, ce qu'il implique dans la suite de leurs vies. Ce bonheur ne ressemble à aucun autre. Il s'immisce dans le cœur, crescendo. C'est une sorte de rayon de soleil qui tape sur la vitre. Ce n'est pas un bonheur violent. C'est un bonheur qui prend son temps, même s'il est mortel, même s'il meurt déjà. Dans un film, il suffirait d'un sourire bien amené. Un plan sur son regard à elle, puis un plan sur le sien. Il se passe quelque chose. Dans la vie, il s'agit de temps, de vrai temps qui passe. Et ce temps-là passe doucement comme la semaine qui suit.

À Paris, Castellot ne pense pas à Madeleine et il s'en fait la remarque à plusieurs reprises. Madeleine vit désormais une histoire très étrange entre Brandon Bradley et Castellot. Une nuit, même ils se battent pour elle. Madeleine ne laisse jamais la réalité venir perturber l'ennui qui la protège de la vie, elle ne sait pas comment agir, elle voudrait mettre son cœur en jachère à nouveau.

L'avion a eu du retard mais ils se sont trouvés. Castellot est un peu déçu. Elle était moins grosse dans son souvenir. En réalité, elle a minci mais elle le regarde avec des yeux chargés de rêves et les hommes ont horreur de ça.

Ils ne roulent pas longtemps, Castellot téléphone beaucoup. Madeleine est déçue. Que s'était-elle imaginé ? Qu'il venait la demander en mariage ?

La maison est accrochée à la falaise. Elle a l'air en équilibre, ricanante. Il y a de l'herbe sur la moitié du terrain, le reste est chauve et laisse apparaître des cailloux marins. Madeleine remonte son col. Le vent lui pique les yeux et les fait pleurer ; ça les rend encore plus bleus. Elle ne s'en doute pas mais, à cet instant, encadré par ses cheveux qui volent tout autour, son visage est beau. Elle sourit. Peut-être que la mère de Castellot ressemblait à Madeleine ?

« La maison n'est plus habitée depuis des mois. Tout est resté intact. C'est une histoire d'héritage. Ils préfèrent la vendre plutôt que la partager. »

Madeleine avance. Elle marche d'un pas enjoué. Elle aime bien cet endroit. Dans le vent, il y a des rires de gosses mêlés aux embruns qui viennent leur gifler le visage. Les enfants les regardent au loin. Leur ballon de foot roule jusqu'à Madeleine qui tape dedans et perd l'équilibre. Castellot la rattrape. Madeleine le remercie, elle se redresse. Elle prolonge le contact de sa chair contre celle de cet homme.

« C'est très calme d'habitude ! dit-elle en marchant vers la porte d'entrée. Le terrain est à vous jusqu'à la petite colline, vous pouvez clôturer. »

Castellot la suit. Elle lui tend le dossier. Il le pose sans le regarder sur une table en pierre dehors et les feuilles s'envolent. Madeleine ne le voit pas mais Castellot rit comme un gosse avant de s'en vouloir. Il suit du regard la dernière feuille jusqu'à ce qu'elle disparaisse. Madeleine a du mal à ouvrir. Il y a plusieurs clés. La serrure résiste puis finit par céder. Il y a une grande entrée. Le sol est sombre. Quand Madeleine pousse les volets du salon, la poussière, inondée de lumière, tourbillonne comme une poudre de fée. Castellot s'habitue aux détails du salon en un instant, comme s'il était déjà venu. Il y a de grosses armoires bretonnes en bois sombre. Il en ouvre une. Elle grince. Elle sent le renfermé. Dedans, il y a un cadre avec une photo de son père. Ça n'est pas son père mais ç'aurait pu être lui. Pendant un instant, Castellot le croit. Et en une seconde son père revit. Castellot se dit une autre vie cachée, un autre enfant, peut-être que je ne suis pas seul ? Peut-être était-ce sa maison secrète ? Peut-être vais-je retrouver une lettre ? Un signe ? Mais les vrais traits de l'homme viennent rayer les rêves de Castellot, les doutes en prison. Et la photo reprend sa place dans l'armoire. Cet homme n'est pas son père. Castellot entraîne Madeleine dans la chambre. À moins que ce ne soit elle. Naturellement, il relève sa jupe, mouille un peu son sexe de ses doigts et la pénètre. Il pousse un râle qui fait office de baiser. Elle se laisse faire. Est-elle surprise ? Presque pas. Tout va vite. Ça hoquette, c'est bâclé mais il y a une sorte d'évidence inscrite entre eux. Elle aime ça. Elle a toujours rêvé qu'un homme la prenne comme on s'agrippe à la vie. Il lui tient fort les bras. Elle est renversée à demi sur le lit et il sort et entre en elle. Toujours en elle. À jamais.

La lumière n'est pas arrivée jusqu'ici. Les draps sont humides de froid. Le lit grince.

Castellot regarde le crucifix. Il ressemble à ce corps nu sculpté. Ses bras sont écartés comme les siens. Accroché à Madeleine comme à une croix qui fait saigner. Le sexe recouvert par celui de Madeleine comme un drap de chair, d'une autre chair.

Castellot n'attend pas que Madeleine soit rhabillée pour ouvrir la fenêtre et les volets. Il a besoin d'air. Il allume sa clope. Les enfants rient du cul de Madeleine. De loin, ils ne voient pas qu'elle a la chair de poule, ni qu'elle est rouge de honte. Castellot remonte sa braguette et les chasse d'un signe de la main. Ils s'éloignent doucement avec leur ballon. On les entend encore glousser au moment où Madeleine ferme sa jupe.

Castellot ne la regarde pas. Il fixe l'horizon puis tourne un peu la tête vers le phare. Son portable sonne encore. Il répond. Il dit à la voix de femme qui perce à travers le téléphone et ensuite le cœur de Madeleine : « Non. Je suis en rendez-vous. À ce soir. Non. Ils nous attendent à vingt heures trente. Chérie ?... Je t'aime. »

Madeleine reste immobile. Du sperme coule entre ses cuisses, elle a peur de bouger et qu'il en sorte tellement qu'elle meure dessous. Elle se sent en danger. Elle recule. Il ne sort toujours pas de la pièce. Discrètement, elle glisse un mouchoir dans sa culotte pour stopper l'hémorragie.

« J'ai envie de me jeter dedans », dit Castellot en regardant la mer. Elle aurait préféré qu'il parle de ses bras, de leur histoire.

« Je ne sais pas nager », lui avoue-t-elle. Alors qu'elle n'en parle jamais à personne.

« Vous êtes née où ?

– Ici, en Bretagne.

– Un jour vous saurez, Madeleine. Un jour vous apprendrez à nager. »

C'est la plus jolie chose qu'on lui ait dite. Elle lutte contre les larmes qui voudraient s'échapper, enfile ses chaussures.

Elle sort de la maison et l'attend dans la voiture. Elle ne met pas la radio. Il y a des moments où toutes les chansons prennent un sens trop grave, s'inscrivent dans le destin.

Les enfants rient encore au loin mais plus de son cul. Ils jettent des pierres à un oiseau qui meurt.

Castellot claque la porte de la maison puis celle de la voiture. Il ne la regarde pas mais il met sa ceinture et il attend qu'elle démarre. Il regarde la mer qui fait peur à Madeleine. Il ne parle pas. Il n'y a pas de gêne, il y a une autre réalité qui s'installe et dans laquelle rien n'est arrivé. Madeleine trouve sa voiture trop moche et ses seins trop lourds. Elle aurait tant voulu être aimée par cet homme. Pourquoi s'enfuit-il déjà ? Elle n'a eu le temps de rien, ni de mémoriser sa peau, ni de connaître son odeur. Il reboutonne sa chemise plus haut, trie des papiers dans son sac.

« Ça vous a plu ?

– Ce n'est pas vraiment ce que je cherche…

– Le premier étage est beau. Il y a une vue à couper le souffle. On n'est pas montés.

– Je crois qu'on sait tout de suite si c'est ça ou pas.

– Je peux vous montrer autre chose… Si vous restez jusqu'à demain. »

Il ne va pas jusqu'au sourire, juste un mouvement de bouche qui dit que ce ne sera pas nécessaire. Ils reprennent la route doucement. Le ciel s'assombrit. Elle a mal entre les cuisses. Il tousse, il est gêné par un homme qui est en lui et qu'il vient de découvrir. Il est différent de ce qu'il pensait être, de ce qu'il déclarait depuis toujours. Il est sans doute un homme maintenant qui n'a plus de père. Quand Madeleine le dépose à l'aéroport, ils se serrent la main. Si Madeleine l'avait regardé dans les yeux, ce jour-là, elle aurait laissé une place à l'amour. Mais elle s'enfuit. Castellot reprend l'avion et décide d'arrêter de fumer. Ce jour-là, il pense aussi qu'il ne reviendra plus en Bretagne. Que son père est enterré sous la peau souillée de Madeleine. Il voudrait pleurer en pensant à son père mais rien ne sort.

Madeleine voit l'avion dans le rétroviseur. Loin. Derrière. Trop haut. Comme ce qu'elle voulait dans la vie. Et elle ne se retourne pas. Parce que dans le rétroviseur il y a aussi un bout de son visage. Qu'elle se trouve moche. Et que ses yeux sont tristes.

Sur la plage, Madeleine a toujours été la fille qui gardait les serviettes. La boulotte complexée qui se cache sous un paréo. Madeleine avait vite décidé d'être grosse et moche et l'était presque devenue, à force de s'en persuader. Sur les photos, à quinze ans, elle est jolie. Ronde comme un joli galet. Douce. Déjà, elle se déteste, elle se cache. Loin des gens, à côté des affaires de plage. Elle plisse les yeux, à cause d'un soleil qui ne tape pas, pour éviter qu'on voie leur bleu, pour ne donner aucune raison d'être aimée. Elle reste avec les objets, du sable qui lui gratte les mollets. Quel besoin aurait-elle de nager ? Pour rejoindre qui ? Pour fuir quoi ? Madeleine faisait de petits signes de loin à ses amies. Personne ne lui avait jamais posé la question mais non, en bonne fille de marin, elle ne savait pas nager. Là, près des affaires des copines, on aurait dit un menhir. Son pied dessinait des formes dans le sable comme des milliers de points d'interrogation à la recherche d'une question. Le grand-père de Madeleine était mort en mer. Il s'appelait Pierrick mais tout le monde l'appelait « le grand », pour se foutre de lui, il était à la limite du nanisme. Il tenait ce magasin de souvenirs à Ouessant où Madeleine avait eu un bilboquet pour sa dernière sortie avec son père. Il y écoulait un nombre incroyable de cirés jaunes et de bottes en caoutchouc bleu marine siglées du fameux aigle blanc. Il aimait les gosses. Il avait commencé avec Madeleine, comme avec ses autres petits-enfants, l'apprentissage du vélo sans petites roues. Il tenait les enfants par le garde-boue, puis, quand ils tenaient en équilibre, il lâchait et les mômes continuaient à pédaler sans se douter de rien, libres, grands déjà, avant de le savoir. Le grand-père avait lâché Madeleine. Elle était tombée tel un poids.

« Demain, tu seras légère comme une feuille, tu verras, Madeleine. »

Demain il était mort. Il n'aurait pas dû entreprendre de donner la liberté à Madeleine. Madeleine est de ces gens qui tombent, qui ramassent, qui essuient.

Les dents de lait de Madeleine sont tombées

très tard, à un âge où on se fout bien de la petite souris. Vers treize ans, Madeleine allait en classe avec des trous dans les dents. À un âge où même les parents ne trouvent plus ça mignon. « Chacun son rythme, avait dit le médecin, elle est plus avancée sur d'autres choses. » Sur quoi ? avait pensé sa mère ; le vieillissement de la peau ? Toutes ses copines s'entraînaient à rouler des pelles sur leurs mains et regardaient Madeleine en pouffant. En rentrant des vacances de Pâques, il lui manquait trois dents. Sans le savoir, elle était devenue le fantasme des boutonneux de troisième qui venaient de découvrir l'existence de la fellation et n'avaient qu'une crainte : les écorchures au zizi. Sa mère disait de Madeleine qu'elle était une fleur tardive qui se révélerait à vingt ans dans toute sa sensualité.

Madeleine n'a jamais eu vingt ans. Elle a eu treize ans, dix-sept ans puis trente-sept ans. Des âges moches. Des âges de doute. Il y a un frein dans le ventre de Madeleine qui empêche ses sentiments de s'exprimer. Quand elle jouit, c'est la bouche fermée. Quand elle dort, ce n'est jamais d'un sommeil profond. À treize ans, Madeleine est tombée amoureuse de Renan Lesueur. Il venait de Rennes. Son père avait été muté. Toutes les filles étaient amoureuses de Romaric Detrillec, un grand brun méchant qui toisait les autres du fond de la classe. Un cancre odieux comme les filles les aiment. Madeleine avait choisi Renan Lesueur pour se laisser une chance ; ne serait-ce que dans ses rêves. Les rêves de Madeleine semblaient retenus, eux aussi, et elle était réaliste jusque dans le moindre de ses fantasmes. Renan Lesueur avait un truc cool et ce n'était pas ses boutons. Il avait un Solex. Ça, Madeleine en crevait. Monter sur le Solex de Renan, ç'aurait été d'enfer. Dire au revoir à la sortie de l'école, un peu plus fort que d'habitude, fixer longtemps Géraldine et grimper sur le Solex de Renan.

Il n'y a personne à l'agence aujourd'hui. Dehors, il pleut. Parfois une petite vieille passe avec un sac à provisions et une espèce de préservatif pour tête, ces petits chapeaux en plastique jetables qui protègent les brushings. On dirait des poulets mal déplumés dans des sacs de congélation.

Madeleine les regarde plier sous le vent. Elle est touchée par ces petites dames qui ressemblent à ses tantes. Pas à sa mère. La maman de Madeleine est pulpeuse et forte. Pas toujours bien fagotée, mais très sensuelle. Elle aime la chair, la vie. Madeleine avait souvent croisé des facteurs satisfaits et décoiffés qui sortaient de chez elle alors qu'elle rentrait de l'école. Elle ne prend pas beaucoup de nouvelles de sa fille. Les deux femmes se méprisent mutuellement. Peut-être s'est-elle desséchée comme un vieil abricot ? Peut-être déborde-t-elle de graisse ? Elles ne se sont pas vues depuis longtemps. Elle a fixé un souvenir de sa mère à trente ans et c'est ainsi qu'elle l'imagine pour toujours. Madeleine a gardé une photo de son père dans son portefeuille mais elle ne se souvient plus de ses traits.

Madeleine attend. Castellot ne revient pas et avec lui tout s'est arrêté. Le téléphone ne sonne plus. Personne ne veut acheter de maison dans un coin sans criquets. Madeleine attend. Madeleine attend. Elle roule en voiture comme un pion bousculé dans le temps. Elle se demande ce qu'il veut d'elle. S'il l'a déjà oubliée. Elle se touche entre les cuisses, fort, elle se fait presque mal. C'était vrai ? Tout ça…

Elle fait un Loto. Anniversaire de sa mère, mort de lady Di, heure d'arrivée de l'avion de Castellot et le numéro complémentaire, 29. C'est Le Finistère.

Elle joue au café Le Corsaire. Ce sont toujours les mêmes. Ils la connaissent, Mado. Ils lui disent :

« Bonjour, tiens te v'là, t'es au courant pour le vieux Sam ? Ils l'ont piqué, l'était devenu fou, l'avait mordu les mollets à la mère Ploubec. Remarque c'est bien fait, elle fait que se plaindre.

Le curé, le nouveau curé est bien. Viens à la messe que Dieu te regarde, Il te trouvera peut-être un mari.

– Eh Mado ! Laisse tomber, c'est moi qui vais le gagner le Loto. L'écoute pas. Faudrait déjà qu'il joue au lieu de picoler.

– Moi je veux vendre la maison de ma mère quand elle sera morte.

– L'est malade ?

– Non. Pas encore mais on finit tous par l'être.

– Ouais mais à cinquante-quatre ans…

– Et alors ? Ça n'empêche. Combien tu l'estimes la maison, Madeleine ?

– Comme ça, je peux pas dire, faut que je voie.

– Viens, je vais te faire visiter ma chambre de jeune homme.

– Oh le traquenard, c'était pour ça ? Oh, Gwenolé a le béguin pour Madeleine.

– Mais il s'agit pas de ça, s'agit de mon patrimoine.

– Tu bois un verre, Mado ? »

Non merci. Madeleine boit pas, c'est pas elle qui fait les estimations de maisons, c'est M. Kerguikou. Non. Et puis elle tente le Loto. Cette nuit, Brandon Bradley lui annoncera peut-être qu'ils ont gagné.

Non. Elle va rentrer. Elle les comprend ces types qui se chauffent à l'alcool. Ils ne sont pas tous bestiaux. La licence IV attire aussi les bac plus sept. C'est simplement la couleur de l'alcool qui leur plaît plus que le gris du ciel. Dans la bière il fait jaune et ça tient chaud. Madeleine se chauffe aux programmes télévisés. Un jeu ! Bravo, madame Dumont, vous avez gagné ! Et comment se fait-il que vous ayez deviné ce qui se cachait dans cette boîte… Ah c'est monsieur, je vois que… Un film et du bruit, le type court : « Arrêtez ! arrêtez-vous ! » Il trébuche, c'est trop tard. Une musique triste. Le type est essoufflé, son flingue semble lourd tout à coup. Et c'est une belle machine qu'on voit là au téléachat. Mais oui, madame. Pour la modique somme de 89,99 euros ce pèle-oignons est à vous. Plus de larmes ! Juste du goût, il fait aussi les rondelles… On peut les faire frire comme aux États-Unis pour en faire des *onion rings*, des bagues d'oignon… pour les doigts de Madeleine. Le lion s'avance, tapi dans la savane, le petit faon ne sait pas ce qui l'attend, il joue un peu trop à l'écart de sa maman, et soudain le lion surgit… Oh ! Il va le manger ! Madeleine n'aime pas ça, elle zappe encore et attaque son steak petits pois. Un clip, une femme noire en short ondule sur un rythme de batterie, un type joue du saxo et une grosse voiture avance. « Monte bébé. » Alors elle monte et frotte son cul sur le nez du mec, tout naturellement. Refrain : *Be natural*, hum, hum. Madeleine zappe encore. C'est la publicité. Elle la laisse, ça la repose.

Elle s'est endormie devant le poste. C'est la nuit. Son assiette a glissé tout au bord de ses genoux. Elle tient encore fort sa fourchette.

C'est un chien qui la réveille. Il aboie à la mort. C'est un chien qu'on frappe de l'autre côté de la rue. Madeleine a la bouche pâteuse. Elle s'en veut. Elle prend une banane pour changer de goût sur la langue. Elle monte se coucher dans son lit. Dans son demi-sommeil, elle pense à Castellot, grimpe sur son coussin et se branle comme un homme pour s'endormir sans réfléchir. Ça marche. Elle bave sur son coussin. Ses mains gardent l'odeur de son sexe.

Ce matin, Brandon Bradley est admis aux urgences. Sa fiancée du moment est morte dans le terrible accident de voiture qu'ils ont eu à Beverly Hills. Maigre consolation. Brandon est soigné par une infirmière qui jouait dans *Alerte à Malibu*. Ça lui permettra sans doute de s'en tirer. Il n'empêche que, sous des bandelettes, il ne fait pas le même effet à Madeleine et sa journée commence mal. Madeleine ronchonne ce matin. M. Kerguikou la taquine. Il a deux employés, lui-même et Madeleine. Son fils Jean et sa fille Nolwenn sont ici en stage depuis deux et trois ans. Ils apprennent le métier. Pas de passe-droits chez les Kerguikou.

M. Kerguikou est bien organisé. Sa femme lui a acheté une grande boîte avec plein de compartiments. Il y range des trombones, des Post-it, son taille-crayon, sa gomme, des cartouches et des caramels au beurre salé. Il est moustachu. Il est laid tout nu. Il aime le camping sauvage. Il aime les nappes cirées qui s'essuient vite avec une éponge humide.

Cette agence c'est sa fierté. Il l'a montée seul, son père travaillait comme technicien sur un chalutier. M. Kerguikou pense que, d'ici trois générations, avec le réchauffement de la planète, le Finistère, ce sera Saint-Tropez. Et, ses arrière-petits-enfants parleront de lui comme d'un génie en mangeant du caviar. M. Kerguikou aime parler d'une maison comme d'un produit, à l'américaine : « Nous avons rentré un beau produit en front de mer. » Il a vite compris que le langage technique donnait tout de suite une crédibilité et une autorité sur le client. Il a d'ailleurs écrit un ouvrage *Parler l'immobilier avec M. Kerguikou* qui, malgré le refus de plusieurs éditeurs, finira par être un ouvrage de référence dans ce domaine. Sa femme en est certaine. Elle admire son mari et prie pour lui, cuisine pour lui, va dans des clubs échangistes à Nantes pour lui. Les Kerguikou sont des gens malins. Ils sont respectés dans leur quartier et même sur l'île de Ré où M. Kerguikou possède des parts dans une petite agence. Ce matin il a mis son « costume de vente », il signe une belle affaire chez le notaire : un produit rare, en bordure de zone forestière, d'une surface totale de deux cent trente mètres carrés répartis sur deux étages, de construction récente.

Madeleine pense à Castellot. Elle pense à ce qu'elle n'aura jamais. Il lui ferait faire n'importe quoi. Elle le sait.

Les enfants ont parlé. L'histoire du cul de Madeleine a circulé. Est-ce que c'est la vérité ? On en parle dans Brest. Pourquoi irait-elle coucher avec un Parisien que personne ne connaît ? M. Kerguikou a ri. Il ne peut pas croire ça d'elle. « Madeleine ! Vous pensez, c'est une vieille fille. » Il s'est quand même posé la question une nuit et ça l'a excité, lui aussi alors pourrait peut-être goûter à la poitrine voluptueuse de Madeleine. Le lendemain après avoir lorgné son soutien-gorge toute la journée, il s'est confessé.

Quant aux jeunes Kerguikou, ils ont espéré un licenciement de Madeleine après cette histoire de coucherie et une promotion pour l'un d'eux. C'est tout ce qui les intéresse, reprendre

Kerguikou View. Ils savent que leur père a du cholestérol, ils ne cessent de lui faire manger des crêpes beurrées. Nolwenn est assez jolie. Elle a du succès. Elle pèse tout. Ses regards. Les espoirs qu'elle donne ou pas. Elle a pour résolution de conquérir Jérôme. Ses parents ont une fortune. Ils fabriquent des biscuits, « Les galettes de la Bigoudène », vendus dans le monde entier. Nolwenn y arrivera. Elle n'en doute pas. Elle construit sa vie comme un plan de bataille.

Jean est chiant. Il est né pour classer, porter des costumes gris et mourir. L'amour ? Il trouvera une petite un jour qui entrera dans les cases et il l'épousera. Il a espéré une ou deux fois que Madeleine pourrait l'initier aux plaisirs de la chair. Madeleine plaît et on s'interroge souvent sur son absence de vie sentimentale. Certaines en ont profité pour dire qu'elle était seule parce qu'elle préférait les coucheries parisiennes à droite et à gauche. Ce n'était pas le fait qu'elle se soit fait sauter par un client et que des enfants l'aient vue à poil qui choquait. Mais un Parisien ? Non… Ça semblait impossible. Une Brestoise ne s'acoquinerait pas avec un Parisien de passage.

Madeleine avait fait deux visites, des petites courses, une omelette, puis elle avait regardé le vingt heures. Comme toutes les Bretonnes, elle regardait Patrick Poivre d'Arvor avec amour. Elle ne comprenait pas grand-chose aux informations. Il aurait fallu qu'ils expliquent mieux qui étaient les méchants et qui étaient les gentils mais PPDA était beau et il faisait sérieux. « C'est très important d'être bien fait de sa personne quand on parle de gens qui meurent, avait dit Mme Kerguikou, un jour, lors d'une discussion sur les Bretons célèbres à l'agence. Ça fait plus sérieux. »

Après sa série, Madeleine éteint la télé et elle ferme les yeux. Elle tente de se souvenir de lui. Castellot, son petit château. Son rêve de grosse princesse périmée. Castellot… Son allure est là, précise, comme on reconnaît tous d'instinct l'ombre du fossoyeur avec sa capuche et sa faux. Mais ses yeux ? Comment étaient-ils ? Comment la regardaient-ils ? Son visage s'efface avec douceur malgré le chagrin de Madeleine. Il s'en va. Il est grand, ses yeux brillent bleus et malins. Est-ce qu'il regarde tout le monde comme ça ? Ses cheveux sont châtains, un peu plats.

Au café quelqu'un lui a fait une allusion :

« Paraît que tu as fait visiter la maison de la pointe à un Parisien. »

Madeleine répond par l'affirmative et s'empourpre.

« Paraît que tu lui as pas fait visiter que ça ! »

Madeleine hausse les épaules mais on rit derrière elle. La lubricité a éclairé certains regards et elle se sent sale. Madeleine retournera au bistrot ce soir acheter des cigarettes pour Castellot au cas où il reviendrait. Il lui faudrait des bottes de pluie aussi. Et du café. Souvent les hommes boivent du café. Madeleine boit du lait chaud. Elle passe au grand magasin de la place aussi, lui acheter des pantoufles. Mais elle a peur de croiser quelqu'un et qu'on lui demande pour qui sont ces chaussons en 44. Elle les repose. Elle a une idée de la taille de son sexe, elle n'a pas regardé ses pieds. Madeleine marche dans le froid. La nuit est tombée tôt. Madeleine a du mal à marcher, elle a le souffle court. Elle croise la couturière de la petite boutique de retouches, elle la salue, puis s'empourpre, sent une chaleur nauséeuse l'envahir. Elle tombe. La dernière chose qu'elle voit c'est de l'huile qui forme un arc-en-ciel dans une flaque d'eau. Un arc en sol. Bam, la tête sur le trottoir. La couturière crie au secours mais les rues sont vides. Madeleine est brûlante de fièvre. Elle la laisse sur le trottoir et appelle le médecin.

Quand Madeleine se réveille elle est dans une maison qu'elle ne connaît pas, dans un lit aux draps qui sentent l'adoucissant. Le docteur est là. Il lui pose des questions.

Non, elle n'est pas enceinte.

Comment le sait-elle ?

Elle ne sait pas comment on sait qu'on n'est pas enceinte mais elle se dit qu'elle le sentirait si elle l'était.

Alors, non.

Elle a mangé au déjeuner, oui, pourtant oui.

Elle ne suit pas de traitement particulier.

De la fatigue ? Peut-être, sans doute...

Fatiguée de ne servir à rien.

Le médecin l'ausculte. Il a les mains douces. Ça fait si longtemps qu'aucun homme n'a touché Madeleine avec tendresse. Il prolonge l'appui de sa main sur son pouls et soudain Madeleine pleure. De longues larmes de tendresse pour cet homme qu'elle voudrait adopter.

« Je vais vous prescrire des vitamines, du magnésium, de quoi vous remettre d'aplomb. C'est la fatigue, ça peut s'apparenter à une petite dépression. »

La fatigue de quoi ? De ne rien faire pour un autre ?

Il enfile son manteau, lui sourit et s'en va.

Quelques instants plus tard, elle se lève. Elle boutonne son gilet. Elle avance dans cette petite maison inconnue. Il fait noir. Elle se repère aux bruits que font des enfants. Elle arrive dans la cuisine, ils sont à table. Elle est chez la couturière. Il y a un long silence. Madeleine dit merci, ils la regardent sans parler, comme s'ils avaient vu un fantôme, elle s'en va.

Dehors il fait froid. Elle aime Castellot si fort. Il mange tant sa vie, il obsède Madeleine. Son corps s'est réduit à son cœur. Son amour l'étouffe, l'avale dans le bitume. Chaque pas est lourd.

Dans la cuisine de la couturière, on continue à manger, on parle un peu de Madeleine, de cet évanouissement, de son père qui buvait.

« Je ne l'ai même pas invitée à dîner », dit la couturière trop tard. Son mari mange et ne répond pas.

Madeleine marche doucement. Elle a peur de tomber à nouveau. Elle l'espère aussi. Tomber pour ne plus se relever. Arrêter de souffrir, tuer le souvenir de Castellot dans sa chute, pourvu qu'il se fracasse sur le bitume. Devant sa maison, Madeleine hésite. Elle ne veut pas rentrer. Elle pense à prendre un train pour Paris afin de le retrouver. Mais il fait déjà nuit. Il faut garder ce courage au fond d'elle-même jusqu'au lendemain. Aller chercher Castellot. Madeleine met une cassette dans son walkman et écoute de la musique dans son lit jusqu'à être abrutie de fatigue, jusqu'à être persuadée de ne pas être seule. C'est Jeanne Mas. Elle est Jeanne Mas, elle chante fort sans entendre sa voix. Elle en crie. Elle en pleure. Elle s'abrutit jusqu'à l'épuisement. Elle s'endort avec le casque sur les oreilles. Le réveil sonne depuis vingt minutes. Madeleine l'entend enfin. Elle a mal à la tête. Elle a dû dormir quelques heures. Elle devrait déjà être à l'agence. Elle n'a jamais raté une journée de travail, M. Kerguikou non plus.

Leur agence est une belle agence. Elle a été rénovée à Pâques il y a trois ans. Elle est moderne avec de nombreux classeurs et, au lieu de l'affreuse devanture placardée de pancartes, les biens défilent sur un écran plat. Ça attire l'œil et « ça fait sérieux », dit M. Kerguikou. Le fils Jean est habile dans tout ce qui est informatique, c'est lui qui saisit les fiches clients tandis que la fille Nolwenn les rédige. Elle connaît tous les mots qui font rêver. « Faire rêver dans un cadre sérieux, c'est bien », dit le père Kerguikou.

Les Kerguikou ont deux projets : faire le tour des États-Unis en Cadillac. Et... monter un spectacle d'imitations, niveau pro.

Madeleine répond au téléphone. Beaucoup de personnes âgées cherchent à vendre leur propriété pour s'installer en maison de retraite. Madeleine les écoute plus qu'elle ne leur répond. Derrière cette nécessité de se séparer du décor de toute leur vie, il y a bien souvent des angoisses, des histoires de famille ou des familles inexistantes.

Madeleine fait le café. Madeleine est en bons termes avec le notaire mais ne finalise jamais les projets. C'est au seul M. Kerguikou qu'incombe cet honneur.

Madeleine fait ce qu'elle peut pour exister.

Madeleine remplit des fiches. Madeleine sourit aux gens qui passent. Madeleine s'occupe des locations saisonnières sur Internet.

Les conversations des commerçants. L'agence qu'elle ferme. Et le vide du soir. Le bruit de la télé. Le bruit silencieux de la nuit. Castellot qui revient, qui se fracasse dans ses rêves. Castellot qui l'épouse, qui l'enlève, qui la baise. Madeleine demande un congé de deux jours lundi et mardi pour des raisons familiales. Elle dit qu'il faut qu'elle aille à Paris voir un oncle mourant.

Les dimanches, Madeleine rend visite à son grand-oncle Pépé Jacques dans une maison de retraite. Quatre-vingt-quinze ans l'an prochain. Tripote le cul de Madeleine à la moindre occasion. Déteste les Allemands, le fromage blanc et les jeunes d'aujourd'hui. Il a ses dents d'origine et il ne pisse pas toutes les trois secondes. « Je suis pas un vieux comme tous ces autres vieux cons », se vante-t-il. Il dit qu'il est là pour baiser, qu'il n'y a pas plus chaud qu'une femme qui va mourir. Il demande à Madeleine de lui fournir du lubrifiant.

Madeleine sait qu'il vide les boîtes dans la poubelle mais elle continue à jouer le jeu. Pépé Jacques a une maison à Brest. Une belle maison. Il ne veut pas la vendre. Elle a appartenu à un chanteur breton à la mode qui jouait du biniou électro. Il a joué avec Peter Gabriel, Genesis... les plus grands. Avec un pic notable de popularité dans les années soixante-dix. C'est dans les toilettes de sa maison de Brest qu'un des Bee Gees aurait composé un tube. C'est ce que maintient Pépé Jacques, et ce qui lui a été dit lorsqu'il a acheté cette maison en 1978. Un tube a été écrit dans ses toilettes ! Pépé Jacques pense qu'il s'agit de *Staying Alive* mais il n'est pas sûr de ça. Ce qu'il sait, c'est qu'après ce tube, les Bee Gees ont eu une période creuse, sans le moindre succès. D'après Pépé Jacques, le frère Bee Gees compositeur aurait sonné un jour chez lui pour utiliser ses toilettes, persuadé que l'inspiration pourrait revenir. Il les lui a prêtées. Tube à nouveau. Mais, la fois suivante, quand le Bee Gees est revenu confiant et a demandé avec sa voix de souris miniature : « *Could I use your bathroom, please ?* », il ne l'a pas laissé se servir de ses toilettes ni du reste de sa maison. « *No, no, go to your maison.* » Il ne fallait pas exagérer, le type avait fait un succès mondial grâce à ses chiottes et il ne lui avait pas donné un centime, pas envoyé un chocolat, rien. Alors Pépé Jacques a dit non et un écriteau devant la maison précise désormais : « Pas d'Américains dans mes toilettes. » « J'ai bien fait, Madeleine ? T'en penses quoi ? » Elle pense que les Bee Gees sont australiens et elle pense à Castellot. Il est toujours présent telle une brume autour d'elle. Il rend le reste de ses préoccupations molles ou douloureuses. Elle voudrait penser seulement à lui. « Ils auraient voulu quoi ? Que je leur donne du papier-cul en prime ? » Pépé Jacques a acheté un synthétiseur, qu'il a mis entre la fenêtre et la cuvette et il a essayé à son tour de faire un tube pendant plus de trente ans. En vain. Quand il a quitté sa maison, il a laissé son synthé et ses rêves derrière lui. Il y a eu une effraction sans vol, il y a trois ans. Pépé Jacques est certain qu'il s'agit du Bee Gees. Aux Œillets, tout le monde connaît cette histoire et a ordre de se méfier si un grand moustachu qui porte des pantalons pailletés s'approche de trop près de Pépé Jacques. La mafia du disque est une grande mafia, on pourrait en vouloir à sa vie. Pépé Jacques se méfie en général, il a d'ailleurs des ennemis aux Œillets. Il est « responsable spectacle » de la maison de retraite. Ils reprennent en chœur des chansons, ils se déguisent, ils créent des masques… Une fois par trimestre, ils donnent un show. Avant, c'était une fois par an mais ils en perdaient toujours plusieurs en route et il fallait reprendre les chorégraphies depuis le début.

Ce trimestre, Pépé Jacques donne *Cats*. Il fait la mise en scène et la voix *lead*.

« Alors, Madeleine, t'as une petite mine.

– Toi, ça va, Pépé Jacques… Tu as l'air mieux que la semaine dernière.

– Le spectacle approche, j'ai l'œil qui brille… Faut toujours avoir des projets… T'as des projets, toi ? Pas des projets de liste de courses ou de programme télé… De vrais projets, je veux dire…

– Eh ben… Je voudrais bien ouvrir ma pr…

– Ta propre agence, on s'en fout ! C'est tes bras que tu dois ouvrir… T'es pas moche, Mado, c'est ta mère qui t'a mis ça dans le ciboulot, cette conne. En mon temps j'aurais fait de toi mon affaire.

– Merci, Pépé Jacques. »

Elle ne savait pas si ça se remerciait, ça.

« Ta mauvaise mine, on sait d'où ça vient. Tu ferais des mômes, ça te donnerait des couleurs. »

Pépé Jacques achève son chapitre sur les enfants et ouvre le dossier Bee Gees.

« Tu sais qu'il y en a un qui m'a appelé,

Madeleine. Ils m'ont retrouvé. Il m'a proposé une somme folle, folle, pour la maison. Jamais je ne vendrais à ces escrocs. Je veux les droits de tous les prochains albums, sinon *nada*. Tu sais j'ai une idée... Quand je sortirai l'année prochaine, j'ouvrirai un studio d'enregistrement dans mes toilettes... »

Pépé Jacques croit toujours qu'il va sortir comme s'il était en prison. Il n'a pas compris que sa prochaine maison serait le cimetière.

Madeleine sort de son heure avec Pépé Jacques. Elle lui a apporté du lubrifiant, le programme télé de la semaine, du beurre frais et son Tac O Tac. Il pleut et elle laisse la pluie couler sur sa joue. Castellot bouleverse sa tête, ses yeux, le souvenir de son cou qu'elle voudrait baiser à pleine bouche, qu'elle voudrait mordre comme un chien en détresse.

Paris. Lundi. Elle a pris une valise à roulettes. Elle la traîne en sortant de l'Orlyval. Les gens sont nombreux, ils marchent, ils bousculent. Madeleine prend des métros. Elle trouve une chambre d'hôtel dans une impasse du Ve arrondissement. C'est exigu, il n'y a qu'une douche. Elle pose son sac et s'en va. Elle traverse les beaux quartiers. Elle connaît mal la capitale mais elle n'en profite pas. Elle ne regarde pas le décor, elle regarde les gens. Elle ne regarde pas le pont des soupirs, elle cherche un homme seul. Elle cherche Castellot. Elle cherche un regard qui se détache des autres. Mais que lui dirait-elle si elle le voyait ? Qu'elle l'aime. Elle, Madeleine. Qu'a-t-elle à offrir ? Tout. Madeleine le sait mais elle pense qu'elle n'a rien qui fasse envie. Madeleine a mal aux pieds et les yeux tristes. Elle s'assied dans une brasserie. Elle commande une viande grillée et des frites puis elle se ravise. Si jamais elle croisait Castellot, ce qu'elle mange pourrait le dégoûter. Elle prend de l'eau gazeuse. Bien sûr, elle ne croise que son reflet qui se voûte de dépit. Castellot n'est même pas à Paris ces jours-ci, il est à la Villa d'Este avec sa femme. Il dort dans des draps de coton blanc. Ils font même l'amour. Il la prend dans ses bras. Ils se souviennent de choses.

Le lendemain, Madeleine traîne encore un peu. Elle arpente le Champ-de-Mars, les Invalides, Saint-Germain-des-Prés. Elle prend l'avion l'après-midi. Elle s'endort contre le hublot, sonnée.

Castellot prend l'avion vers Paris. Il quitte l'Italie sous un ciel orageux. Il se dispute avec sa femme. Ça le soulage. Quelque chose en lui ne peut plus la supporter. Elle est blonde, fine. À la limite du vulgaire. Les hommes la trouvent excitante. Elle s'est coupé les cheveux à la garçonne.

Castellot lui en veut. Elle avait les cheveux longs jusqu'aux fesses quand il l'a rencontrée. Malgré lui, il pense à la masse de cheveux de Madeleine. Il avait aimé y plonger les deux mains.

Madeleine voudrait connaître le prénom de Castellot. Il ne lui a rien laissé d'intime. Pas un souvenir doux. Rien qui puisse aider une femme. Antoine. Si elle savait… Antoine. En toi ne me refuse pas… Antoine. Mais Castellot, c'est moche, c'est un coup, un rebond, rien qui reste, rien qui aide le cœur à plonger.

Madeleine pose sa valise dans son salon. Elle s'affale sur le sofa, s'endort vite. Elle fait un rêve. Elle passe de nombreuses portes. D'abord de toutes petites puis les cadres s'élargissent. Au moment de passer la dernière, la plus impressionnante, celle derrière laquelle Antoine attend, la porte se referme sur ses doigts. Madeleine se réveille en sursaut avec un mouvement brusque de sa main qui s'échappe. Elle respire vite, elle a eu peur. Madeleine se réveille avec le jour dans le salon. Elle traîne à ouvrir les paupières. Elle a mal à la tête. Elle a les doigts en sang. Elle hoquette de terreur d'avoir ramené son rêve dans sa vie. Puis elle comprend qu'elle a ses règles. Elle court se changer. Le fauteuil est mouillé. Elle le frotte avec de l'eau froide. C'est la troisième fois qu'elle a ses règles en un mois. Son corps saigne comme une viande tuée.

Une semaine passe. L'Italie est déjà un souvenir. Castellot se branle dans le corps de sa femme à cheveux courts, il pense aux cuisses de Madeleine. Il pense à ses yeux aussi, comme un amoureux. Il pense à la Bretagne, au temps qui passe. Il regarde ses enfants qui lui sont étrangers. Il subit les conversations, les dîners. Il boit, il laisse faire. Une part de lui n'est plus là. Il se dit que c'est la mort de son père. Il se dit qu'il ne lui a pas dit au revoir comme il aurait dû. Il se dit qu'il ne peut plus supporter sa femme. Cette main dans ses cheveux, ses signes d'affliction. On est dimanche. Il y a un match de football ce soir, ça l'aide à laisser passer le temps. Il regarde le téléphone. Il y pense. Il voudrait revoir Madeleine ou se l'imaginer mais les agences immobilières n'ouvrent que le lundi. Sa femme leur a fait à dîner, c'est bon mais ç'a toujours la même façon d'être bon depuis des années. Si elle brûlait un plat ce serait un peu exotique. Ses enfants regardent leurs portables plus que lui. Antoine Castellot est l'un des pans d'un mur qu'on appelle une famille, qui protège, qui rassure, qui enferme et qui étouffe. C'est un dimanche soir, c'est normal d'être déprimé mais le samedi d'Antoine aussi avait eu le goût d'un dimanche. Le lendemain, il n'attend pas d'être au bureau. Il n'attend pas d'avoir formulé la décision dans sa tête, il prend le chemin de l'aéroport et demande aux renseignements le numéro de téléphone de l'agence Kerguikou View. Il rit en prononçant le nom. Sur le répondeur, il y a le numéro de portable de tous les agents. Les deux. Il rit à nouveau. Il note celui de Madeleine, il le compose. Il est très tôt. Castellot lui parle brièvement. Il est nauséeux mais il n'a pas de libre arbitre. Qu'est-ce qui décide pour lui ? Sa queue ? Son cœur ? Son humanité.

Il ne prévient pas son bureau dont il est le patron. Il ne prévient pas sa femme non plus. Il s'échappe mais il ne va pas loin, même pas vers le soleil.

Il va vers son enfance. Vers son père. Vers ce qu'il a oublié. Ce qu'il a honte d'avoir méprisé. Il va vers celui qu'il a laissé là-bas, le petit Antoine qui jouait au golf miniature. Le petit Antoine et ses petits lapins.

Il est assis sur le même siège du même avion que Madeleine la semaine précédente. Il s'endort contre le même hublot. *In utero* dans le zinc de l'avion.

Comment était sa voix ? Est-ce qu'elle a dit quelque chose ? Comment elle s'habille ? Comment elle y va ? Il l'a vouvoyée. Il n'a parlé de rien. Ni des maisons, ni de ce lit, ni de cette fois. Est-ce un rendez-vous ? Une deuxième visite ? Il a donné l'heure d'arrivée de son avion. Le même, même jour. Déjà deux mois plus tard. Le souvenir est bien là, brûlant sur les cuisses de Madeleine. Son bas-ventre attend, en douleur, effrayé. Est-ce qu'il faut aller chez le coiffeur ? Du noir, ça mincit mais c'est la peur aussi, le lointain. Du marine ? Du marron ? Du temps, pas beaucoup ? Que dit-elle ? Elle dit oui, je vous attendrai. Le silence est long. « Vous me reconnaîtrez ? » essaie-t-elle. Il ne répond même pas. Elle ne sait pas comment on attrape un homme, ils lui glissent entre les doigts comme du vif-argent, et celui-là est bien plus qu'un homme. Il est celui qu'elle aime, celui qu'elle attendait. Maintenant elle le sait, aux efforts qu'elle fait pour maintenir son cœur à un rythme de vie. À sa voix qui s'échappe. À son sourire qui sourit. Castellot sera là dans deux heures. Elle ne s'appartient plus. Elle tremble, rien d'autre ne l'intéresse. Elle conduit comme ivre, juste assez concentrée pour ne pas mourir. Tout tend vers lui. Tout est lui. Elle s'en veut mais elle ne dépend plus de sa raison. Si quelqu'un mourait à ses pieds, elle n'aurait pas le temps de l'aider, désolée, elle ne peut pas, elle suit cette voix qui l'appelle, qui la happe.

Il lui donne un itinéraire. Il veut aller fleurir la tombe de son père. C'est un cimetière loin de la mer. À la sortie de Bénodet. C'est laid, c'est gris, il ne fait pas beau. Il y a des taches de fleurs ridicules. On sent, encore plus qu'ailleurs, que ces fleurs n'ont pas de sens, qu'elles n'ont même pas accès aux tombes, qu'elles fanent seules dans le vent puant qui caresse les fossoyeurs. Il y a un prêtre qui remonte le col de son manteau. Il est en avance. Il s'énerve sur son portable. Il y a une vieille dame qui pleure son jeune fils. Il y a un jeune homme qui ne pleure pas. Un clochard qui dit des prières pour quelques pièces. Il y a une mouette aussi, rieuse. Ils se garent sur le parking, mais Castellot ne veut pas descendre. Il veut avancer avec la voiture juste devant la tombe. Madeleine lui dit que c'est interdit mais Castellot répète qu'il veut y aller en voiture. Elle roule. Elle écrase des hortensias, la porte est étroite. C'est un cimetière en pierre, même l'herbe est en cailloux. Les croix sont alignées, il y en a une en granit rose. Madeleine se dit qu'elle en voudrait bien une pour quand elle sera crevée. Ils avancent. Il la fait tourner à gauche.

« C'est ici », lui dit-il. Ici que j'aurai ma place, pense-t-il, dans ce caveau. C'est ici que je vais pourrir, que je vais crécher avec tous ces os. C'est ici.

Elle s'arrête devant. Elle n'ose pas descendre. Pas bouger la tête. Elle se dit qu'il pleure peut-être, que ça ne la regarde pas. Castellot souffle comme une vache. Il respire fort, fort. Il avance sa main vers la cuisse de Madeleine, il remonte. Et, quand son doigt s'enfonce dans son sexe, Castellot ne pleure pas. Il pense à son père. Il pense à sa mère qu'il n'a pas connue. Qui est morte sous son petit poids. Quelques instants après sa naissance. Dans le sexe de Madeleine, il y a tout ça. La vie qui n'est plus, et la vie aussi. Madeleine s'est retenue de ressentir quelque chose. Ils ont redémarré. Castellot n'a pas pu descendre, pas pu toucher le marbre de la tombe. Les fleurs sont restées à l'arrière.

Il demande à Madeleine de le raccompagner à l'aéroport. Elle s'étonne qu'il ne veuille pas voir de maisons. Il secoue la tête. Elle se sent mal, sale. Comme si elle avait demandé à ce qu'il la baise. Pourtant ce n'était pas ça. Dans sa demande, il y avait : « Je t'en supplie, reste. Demande-moi qui je suis. Parle-moi. Dors ici, une nuit que je regarde ton visage quand il est plein de sommeil », mais elle ne pouvait rien prononcer. Elle a pris, doucement, le chemin de l'aéroport, et Castellot a regardé par la fenêtre. Madeleine ne le sait pas mais Castellot n'a toujours pas réussi à verser de larmes pour son père.

Madeleine le regarde discrètement, elle dessine son visage dans sa mémoire pour les jours de froid. Elle pense qu'il ne reviendra plus. Il n'a rien à faire là. Il voulait voir. Comprendre pourquoi.

On ne revient guère plus de deux fois dans le sexe de Madeleine. Une première fois, par accident. Une seconde pour comprendre ce qui nous avait attiré la première fois.

Madeleine prend des détours. Elle veut le garder plus longtemps. Quand il sera sorti de sa voiture, elle deviendra Madeleine, à nouveau. La

Mado aux grosses loches. Agent immobilier à Brest, célibataire, quarante ans, sans enfants.

C'est une ombre qui attend. Qui regarde l'avion partir. Une ombre grasse avec des cheveux bruns. Elle a collé son visage contre la vitre, elle pose ses mains autour et elle appuie sur cette vitre et elle espère voir plus loin. Elle espère le convaincre de tourner la tête. Il est déjà dans l'avion. Son amour. Son grand amour. Il y a de la buée tout autour de l'ombre grasse de Madeleine. Des larmes aussi. L'avion a décollé. Pas son chagrin. Et puis là il faut s'en aller, on va fermer.

Il n'y a plus une trace de nuage. Pas un bout de traînée d'avion. Le ciel est propre. Le ciel s'en lave les mains. On va fermer.

Alors Madeleine remonte dans sa voiture. Elle démarre tout de suite. Elle s'invente une urgence. Elle chanterait si elle n'avait pas peur de sa voix. Elle reprend la route pour rentrer chez elle. Il y a des ronds-points, sans cesse. De faux choix. Une seule route. Et Madeleine la prend comme on prend son pouls sans savoir mesurer. Pour se dire que ça ne va pas, qu'on est essoufflé mais que la vie continue, la vie doit continuer. Malgré les soubresauts des cœurs. Malgré la douleur partout dans mille âmes, mille pays. On sourit, on avance, on prend un chemin au carrefour. Et les larmes perlent sous une envie de rire. Il lui arrive des choses. Sa vie n'est pas un électrocardiogramme plat. Peut-être qu'il reviendra ? Peut-être a-t-elle le droit d'espérer ? Quelque chose en elle lui dit qu'elle est belle. Qu'un jour, elle se sentira libre, délestée de ce poids qu'elle balade depuis toujours, de ce poids qui l'a précédée dans le ventre de sa mère. Madeleine gare sa voiture de travers, remonte son col. Il fait froid. Elle prend les fleurs que Castellot a oubliées sur la banquette arrière. Et, comme une femme qu'on vient de gâter, Madeleine dépose les œillets dans un vase sur la table basse du salon. Elle les regarde. Madeleine les respire. Elle a fait en sorte d'oublier qu'elles étaient destinées à une tombe.

Au café, on rit bien d'elle. La dame du contrôle des passeports l'a vue, et c'est la copine à Jean-Mi. Kestucrois ? Que ça va pas se savoir ? On a vu comment tu l'as regardé quand il est parti, comment tu chialais devant la vitre. Ben quoi ? On peupuplaisanter ? C'est ça ? Oh ça va ! On a tous eu le béguin. C'est un Parigot, t'as bien de la chance qu'il soit revenu une fois, déjà ! Bon t'étais un bon coup, ça s'est passé, il s'agirait de te trouver un mari. Oh ton grand amour ! Laisse-moi rire Madeleine ! Ce type. Ce grand type à grand nez qui te tringle dans des draps froids.

Dans des draps humides. Sans nom. Des draps que vous ne reverrez plus. Et lui ? Non, ma grande. Lui non plus, il ne reviendra plus. Oui, j'ai dit ça la dernière fois mais est-ce qu'il est vraiment revenu ? Il était là, oui d'accord. Mais est-ce qu'il est vraiment revenu ? Est-ce qu'il est venu ? Oui, au fond de toi, te souiller de sperme. Mais ailleurs ? Est-ce qu'il est venu dans tes yeux ? Dans ton sommeil ? Hein ? Même dans tes rêves, il pointe le bout de son nez en peau ? Oh, te vexe pas, Mado ! Te vexe pas. On dit ça pour ton bien. Ouais, casse-toi, va. Va chialer sur le Parisien.

L'attente. Essayer de se souvenir de la veille. Ce jour d'avant avait-il vraiment existé ? Il n'y avait pas eu de mots. Un vide et cette boule dans le ventre : ça faisait vraiment un jour ? Le silence et la peine, ça suffisait à faire passer les minutes ? Il semblait que oui, que la nuit revenait recouvrir ce que le soleil pointait avec cruauté : il n'y avait rien. Rien dans son cœur pour Madeleine. Castellot semblait aussi emprisonné dans son désir repoussant que Madeleine dans son amour ridicule. De quel amour aurait-elle pu vouloir ? C'est quoi l'amour, Madeleine ? Tu voudrais qu'il t'admire, qu'il t'épouse, qu'il se pavane avec toi dans les rues de Paris ? Comme avec sa femme. Qu'il t'offre un beau vison et que vous

vous dandiniez dans de grands restaurants. Qu'est-ce que tu t'imagines de sa vie, Madeleine ? Elle ne voulait pas imaginer, mais quand même, ça perçait dans la nuit et elle la voyait, elle, grande, mince, avec un rire qui recouvrait le sien. Et Castellot différent, en vie. Pas assommé par un désir, un putain, putain de désir qui bouchait ses viscères. Une envie de chien qui le clouait là avec Madeleine. Et si c'était ça l'amour, Madeleine ? Si c'était la baise sombre, pas les rues de Paris éclairées ? Paris ! Tu as envie de Paris, Madeleine ?

Pour Madeleine, Paris c'étaient les grands magasins à la période de Noël. Ils allaient à la capitale une fois par an, chez leurs cousins Flank. Le 23 décembre au soir, ils se bousculaient avec les autres devant les vitrines illuminées. Il s'agissait de trouver un coin qui brille. Même une boule, rien qu'une boule. Si ça ne brillait pas, il ne restait que le froid, les cris des gens et l'odeur de leurs clopes. Madeleine poussait, écartait les bouts de manteau et quand elle voyait enfin une lumière, une poupée qui tournait, elle se sentait en vie. Elle ne se souvenait pas de ne plus avoir cru au Père Noël comme d'y avoir cru. Pas plus qu'au Prince Charmant. Dans les fêtes costumées, on ne la déguisait pas en princesse. En chat ou en Bécassine. On ne lui avait jamais dit qu'elle était jolie. Alors, elle s'était dit qu'elle ne l'était pas et, sans doute, avait-elle raison. Elle se dit aujourd'hui qu'à force de le lui répéter, elle aurait pu le devenir. Ou le croire, ce qui revient sans doute au même.

Elle se souvient de ce Noël où l'oncle Franck, Franck Flank, ça la faisait rire ce nom, Franck l'avait prise sur ses épaules. Là, soudain, elle avait tout vu. L'écuyère en paillettes qui tournait, la fausse neige qui tombait en rafales sur les jolis poneys et le renne articulé qui semblait rire et rire encore. Oh ! Cette écuyère qui tournait, comme elle était belle, Madeleine aurait juré qu'elle la regardait. Madeleine avait trois ans et un bonheur immense a envahi son corps. Elle voyait tout. Elle était là-haut, elle était différente, les enfants la regardaient avec envie. Elle avait ri, ri, et puis du pipi s'était mis à sortir d'entre ses jambes. Elle savait que ce n'était pas le moment mais c'était ainsi. Le pipi coulait sur le dos de Franck Flank.

« Oh, la petite salope, c'est de la pisse ! » Ç'avaient été ses mots exacts quand il avait presque jeté Madeleine qui maculait son manteau. La joie de Madeleine s'était figée. Elle se souvient de la sensation humide dans son collant qui gelait. Et comme le temps qui s'arrête. Les cousins qui regardent hébétés. Sa mère qui se jette sur elle. Le père qui s'excuse. Franck qui jette son manteau. Sa femme qui le récupère. Un pardessus tout neuf. La belle affaire ! On l'avait poussée violemment dans la voiture. Ah ben ! bravo, Madeleine, qu'avait gâché la fête. Si c'est ça, Noël ! Ça vaut la peine de venir jusqu'à Paris si c'est pour pisser sur son oncle. Chacun avait fait son commentaire. Sa mère lui avait descendu son collant jusqu'aux pieds. Tu dis pas pardon ? Non, elle ne disait rien. Comme d'habitude, de toute façon, cette gosse elle en fait qu'à sa tête et on sait pas trop ce qui y a dedans.

Dedans… Dans la tête de Madeleine. Elle les laissait faire du bruit. Faire de la fumée inutile avec leurs bouches chaudes de bêtises dans le froid de l'hiver. Les voitures klaxonnaient. Les gens se pressaient. Ça sentait les marrons chauds et l'argent qu'on dépense. Ça sentait l'urgence, le tournis, la jalousie. Madeleine ne bougeait pas, ou à peine, un petit bout de cil. Elle était nue en bas. Sa mère l'avait enroulée dans son écharpe. Elle avait froid. Elle ne réagissait pas. Quelque chose dans le cœur de Madeleine continuait à tourner avec la petite écuyère. Quelque chose d'elle était resté dans une vitrine de jouets avec lesquels on ne joue pas. Avec lesquels une petite Madeleine de Brest ne joue pas.

Dans la voiture qui rentrait, elle avait regardé

les lampadaires et souri. Elle avait souri au milieu de ces gens qui lui servaient de famille, mais personne d'autre n'y avait pensé, personne n'avait pensé à rire du pipi sur l'oncle Flank.

Une année c'est long, parce qu'il y a un nouvel an dans une année. Madeleine l'a passé avec un présentateur de télé et quelques vedettes en robes lamées. Madeleine a débouché du champagne. Elle s'est acheté le plus cher pour se faire plaisir, « S'aimer soi-même », comme ils disent dans les journaux. Puis elle a entendu des cris dans les maisons d'à côté, de la joie. Elle s'est assise par terre avec son champagne. Elle s'était bien habillée. Elle a pensé à sa mère et à son beau-père qui étaient en croisière. Elle a pensé à M. Kerguikou qui était en famille. Elle a pensé à son père qui était en berne. Elle a pensé à Castellot. En elle, toujours. Castellot ne la laisse pas en paix.

Madeleine se demande souvent pourquoi l'être de chair qui se promène sous les traits de Castellot serait plus vrai que celui qui habite dans ses rêves. Peut-être qu'elle maintient une part de lui à vif dans le souvenir qu'elle en a et ceux qu'elle s'invente ? Peut-être sommes-nous prisonniers de la mémoire des autres, des désirs, des rêves des gens qui possèdent notre visage ? Cette nuit-là, malgré lui, Castellot fait l'amour à Madeleine qui en gueule dans son lit froid. Seule, si seule avec le fantôme qu'elle essaie de dessiner dans sa chimère, qu'elle tente de faire parler juste avec la musique de sa voix qui lui est restée en tête. Et, c'est vrai, loin de là, dans un pays chaud où vont les gens riches à Noël, un instant, quand Castellot pousse un râle dans le corps habituel de sa femme, il pense à Madeleine, à la joie trouvée dans le sexe de cette Bretonne, loin de tout ce qu'il a voulu devenir. Comme si les rêves de Madeleine contaminaient la réalité de Castellot. Sournoisement. Parce que Madeleine s'acharne. Parce qu'elle ne fait que ça, toute la journée. Se souvenir et imaginer. Castellot. Castellot. Castellot. Comme un château petit qui fait une indigestion de madeleines. Une pièce montée qui étouffe de beurre, qui craque, plein de miettes. Comme un ventre d'obèse. Voilà à quoi ressemble le cœur de Castellot. Et sa femme reste belle, et ses enfants sont bien élevés, et la déco de son appartement est parfaite. Et Castellot en crève. Madeleine. Les yeux de Madeleine se ferment sur sa vie. Il essaie d'oublier son prénom, l'odeur des embruns, les petits lapins qui courent dans le jardin. Il se dit tout le temps qu'il ne pense pas à elle. Ce n'est pas un souvenir précis, de visage, même pas un souvenir de sentiment amoureux. C'est un besoin, comme le ventre se tord quand il a faim. À Paris, Castellot supporte des dîners. Une partie de lui parle politique, sourit aux dames, une partie de lui est en vie, l'autre attend. On ne quitte pas son monde pour une Bretonne un peu grosse avec qui on a échangé trois mots et une demi-heure de sexe. On ne pleure pas pour une histoire laide, pour un cul à la lumière crue du plein jour. On ne pleure pas quand tout va bien. Pourquoi aller chercher une vie ailleurs ? Pourquoi cette pierre ponce dans le cœur, cette envie de courir, cette envie de se cacher, cette envie de rien ? Cette envie de larmes qui ne sortent pas.

Pour la nouvelle année, ils ont fait un dîner entre amis. Ils étaient quatorze. Sept couples qui votent pareil. « C'était divin ! » Le foie gras, les huîtres, les assiettes et le lustre… Tout brillait. Sauf les yeux d'Antoine Castellot.

Dimanche. Jour de Pépé Jacques. Madeleine assiste à la fin de la répétition de *Cats*. Jacques engueule Rose, une infirmière qui manque de sensualité. « Mais vous êtes encore pucelle, ma parole ! » Scandale. Pépé Jacques a encore frappé. On lui fait avaler des cachets. Il proteste : « On n'est pas en hôpital psychiatrique ! Si un metteur en scène ne peut plus faire de métaphores, c'est la mort de l'art. J'ai eu un Bee Gees dans mes toilettes, moi, madame, je ne suis pas un vieux comme les autres qui chie sous lui comme un marmot et que vous essuyez avec vos mains pas sensuelles ! » Il prend à cœur ce ballet de vieillards qui chantent sans doute pour la dernière fois. Madeleine fait en sorte qu'on ne lui injecte pas une piqûre de calmants. Elle le détend avec sa voix. Pépé Jacques ne sait pas si ce sera prêt. Il chante *Show must go on* puis il s'assied sur son fauteuil moelleux.

« Tu viendras, Madeleine ? »

Bien sûr qu'elle sera là. Elle n'a jamais raté un spectacle.

« Tu viendras avec un fiancé ?

– Et toi, Pépé Jacques, tu en as une fiancée ?

– Une fiancée aux Œillets ! Tu parles, ils nous interdisent le Viagra, ces enculés. Trop cher. Trop risqué. Trop peur qu'on salisse les draps. Et puis si c'est pour me taper l'infirmière qui n'est pas sensuelle, merci bien ! Ça te choque que je te parle comme ça, Mado ? »

Non, elle rit. Elle rit. Ça lui fait du bien. Elle

lui a rapporté les journaux cochons qu'il lui a demandés et une boîte de chocolats.

« Tu sais ce qui me ferait plaisir, Mado ? Je voudrais faire du tandem avec toi. Tu pédalerais devant avec une jupe, et tu laisserais le vent me montrer un peu tes cuisses.

– C'est pas simple de trouver un tandem, Pépé Jacques.

– Alors soulève juste un peu ta jupe ! »

Elle rit à nouveau. Si elle avait même eu l'idée d'accéder à la demande du vieil homme, il lui aurait foutu une gifle. Il joue le rôle du vieux pervers pour ne pas parler de la mort qui le réveille en sueur chaque nuit et qui, un jour, ne le réveillera plus du tout.

Au même moment, dans une autre maison de retraite à une centaine de kilomètres de là, la maman de Rémi Kerguikou lui boutonne son col jusqu'en haut. Elle lui recommande de faire attention en traversant la rue. Rémi fait la bise à sa mère. Elle sent le moisi. Il se dit qu'il a envie d'une autre chair sur sa joue.

Rémi Kerguikou a commencé à venir à l'agence un peu après Noël. Son cousin, le patron de Madeleine, le lui a présenté en précisant avec insistance qu'il était « lui aussi célibataire ». Rémi Kerguikou porte des pantalons en velours côtelé trop courts. Il a la raie sur le côté. Des lunettes d'écaille. Du temps devant lui puisque peu d'amis. Rémi va vivre seul. Il veut trouver un appartement fonctionnel. Avant, il aidait beaucoup sa mère, mais une réunion de famille a voté le transfert d'Odette Kerguikou née Goaslec dans une maison de retraite médicalisée à Nantes. Ç'avait été dur de choisir Nantes qui « n'est pas la vraie Bretagne ». « On ne va pas la faire mourir là-bas. – Et qui te dit qu'elle va mourir ? »... Mais après deux bonnes années de discussion, à quarante-sept ans, Rémi a fait le grand saut. Il a déposé sa maman en Clio avec toutes ses valises et lui a promis de revenir les dimanches. Rémi a tenu sa promesse. Quatre dimanches, quatre visites. Rémi a beaucoup d'humour. Il apprécie tout particulièrement les spectacles de Laurent Gerra dont il suit les apparitions télévisées. Rémi Kerguikou a des opinions politiques. Il aime la France. Il aime les vrais Français. Ceux qui sont blancs, ceux qui font une nourriture sans odeurs, ceux qui sont catholiques. Rémi Kerguikou attend d'avoir une femme pour se mettre au golf. Il collectionne les photos des parcours verts à travers le monde. Rémi a très peu fait usage de son sexe, c'est, pourrait-on dire, « une première main ». À part quelques révisions auprès d'une prostituée (toujours la même). Rémi est en bonne santé. Il ne boit pas beaucoup. Ni d'alcool, ni d'eau. Pourtant sa sudation frontale est visible et abondante. Rémi aime les longues balades à pied, les labradors et les dentifrices aux plantes. Rémi Kerguikou a dit bonjour à Madeleine, il a regardé son cousin l'air de dire : « Ça va, on la prend », comme s'il venait d'essayer une voiture. Pour la nouvelle année, il leur a apporté du foie gras. Ils peuvent casser la croûte ensemble à l'agence. Il a même pensé au vin. Oui, mais pas trop longtemps, dit Madeleine qui a une visite derrière. Il est gentil quand même, ce cousin, il lui fait des tartines. Il est attentionné. Il est con mais attentionné. Il veut parler de sa mère, des visites du dimanche. Madeleine fait un parallèle avec son Pépé Jacques. Ils rient des odeurs, des dentiers, des cheveux bleus des vieilles. Ils se trouvent des points communs dans la détresse qu'ils côtoient, dans l'avenir qui les effraie. Rémi est un gentil garçon, il est devenu ce qu'il pouvait avec ce que la vie lui a offert. Son père est parti alors qu'il était nourrisson. Rémi ne garde de lui qu'une petite photo. Il ne lui ressemble même pas. Sa mère l'a toujours décrit comme un salaud qui l'a abandonnée avec un gosse, elle n'a jamais précisé qu'il l'avait trouvée dans un lit avec son meilleur ami. Cet ami l'avait épousée ensuite puis il était parti aussi. Les hommes ne restaient pas avec la mère de Rémi. Brune, sèche, avec d'épaisses lunettes qui cachaient un strabisme qui lui donnait un air lubrique. Un ton péremptoire, une âme castratrice, cassante. Au début, elle leur donnait le sentiment de dissimuler des secrets derrière ses silences et ses critiques. L'épouser c'était comme rentrer dans un club avec des goûts tranchés, un club d'intellectuels. En réalité, c'était simplement une inculte, méchante, qui faisait mal la cuisine. Elle avait maintenu son fils pendant des années dans une culpabilité qui l'empêchait de vivre. Il aurait dû devenir homosexuel tant cette mère pouvait dégoûter des femmes mais il ne l'avait même pas considérée comme une femme. Son rapport à sa mère était celui du syndrome de Stockholm, il aurait bien voulu moins aimer son bourreau.

Une année c'est long, parce qu'il y a les mois de froid. En février, la mère de Madeleine lui rend visite. Elle vient en Bretagne régler des affaires. Elle ne comprend pas la solitude de Madeleine. Elle veut lui donner des trucs pour attraper un homme et le garder. Madeleine doit écouter sa mère lui parler de ses astuces sexuelles et subir ses œillades pendant un dîner.

« Tu vois, Mado, comme ça, ils ne résistent pas.

Et une rois que tu en as ferré un, tu te fais épouser. »

Madeleine n'arrive pas à créer de liens avec cette femme. Quand elle regarde son nombril, elle trouve ça étrange. Où est passé le cordon ? Madeleine aurait voulu être affectueuse, lui trouver des qualités, prendre plaisir à passer un moment avec elle mais rien ne vient.

« Tu ressembles à ton père, c'est fou. C'est dommage qu'il soit mort, je ne peux pas dire du mal de lui. »

La mère de Madeleine sourit quand elle dit des choses méchantes. Elle sourit beaucoup. Elle ne supporte pas que Madeleine lui ressemble, elle le refuse. Elle a toujours une belle chevelure qu'elle teint avec soin. Elle raconte à Madeleine les derniers mouvements de sa vie, qu'elle part souvent en croisière, que, tiens, Janou est morte, qu'elle a eu une aventure avec le sous-préfet et que son mari ferme les yeux parce qu'elle lui fait sauter ses contraventions. Madeleine voudrait qu'elles se disent des choses importantes mais elle ne sait pas lesquelles. Y a-t-il des choses qui comptent dans cette famille ? Sa mère dort dans la chambre de la vieille tante. Madeleine reste des heures dans le salon comme pour marquer un décalage. Elles ne se couchent pas à la même heure. Puis, vers minuit, elle va l'observer. Sa mère est plus jolie qu'elle, même vieillie. Son corps est enveloppé mais il n'est pas lourd, sa peau reste lisse. Un instant, Madeleine pense à l'étrangler, elle s'approche puis sa mère se met à ronfler alors, attendrie, elle lui remonte ses couvertures jusqu'au cou. Pourquoi a-t-elle atterri dans ce ventre-là ?

Le lendemain, sa mère repart vers le Sud avec sa provision de crêpes. Elle ne propose pas à Madeleine de venir avec elle, ni de venir un jour. Madeleine pense qu'elle y retournera pour son enterrement sous le chant des cigales.

Une année c'est long, parce que Madeleine vit dans une ville sans saisons. En mars, Madeleine décide de partir en vacances. Elle va dans une agence.

« Vous recherchez quel genre de destination, mademoiselle ?

– Plutôt pas en France, a-t-elle répondu.

– Nous avons de belles promotions sur l'Écosse. »

L'Écosse... Elle n'est pas sûre. Le type a aussi proposé l'Irlande. Elle s'est demandé s'il se foutait de sa gueule.

« Plus dépaysant, ce serait bien.

– Ce n'est pas du tout le même genre de végétation ni d'architecture, vous seriez surprise.

– Oui, mais c'est le même genre de pluie, a répliqué Madeleine.

– Alors plutôt dans nos destinations bikinis... Laissez-moi consulter l'ordinateur. »

L'évocation de la Grèce l'a émoustillée. Une île qui finit par un os, Mykonos ou Clichetos, typique. Port de pêche, tzatzikis et volets bleus. Elle a dit oui pour le mois de mai. Du samedi au samedi, charter au départ de Brest.

« Plus c'est avantageux, plus on rentre heureux. »

Sourire.

Avril sert à chercher un maillot de bain. Une pièce, noir. Elle ne trouve pas. Elle cherche, elle essaie. Une vendeuse veut la convaincre de prendre un maillot « triangle ». Dedans, Madeleine ressemble à un Toblerone fondu. Elle fait plusieurs magasins. Elle roule jusqu'à Quimper. Ça l'occupe. Elle se prépare une trousse médicale d'urgence. Elle rêve aussi : Brandon Bradley sera là. Il lui sourira. Un jour, il lui demandera si la place est libre pour le déjeuner et elle le laissera s'asseoir à table. Il aura de l'esprit. Ils riront comme des petits fous. Ils se marieront.

Madeleine reçoit un bouquet de fleurs de Rémi Kerguikou. Elle respire leur parfum. Elle y est allergique. Deux jours d'hôpital. Rémi est confus, à l'hôpital il fait porter des chocolats.

En avril, Pépé Jacques se balance, Pépé Jacques fait onduler son col du fémur. C'est la fête aux Œillets. *Cats* sera prêt pour juillet. Madeleine arrive à espionner la fin des répétitions. Elle est cachée derrière le rideau de la cantine. Elle est émue que Pépé Jacques soit le leader, flattée aussi, comme une mère d'élève de maternelle. Ils ont des costumes cousus par Mlle Berthe, qui était petite main dans un atelier parisien et qui a formé Eugénie qui se laisse insulter à longueur de journée pour exister encore. Ensemble, elles ont fait plus de douze costumes immondes mais bariolés. La musique s'arrête, ils restent statiques. Chacun imagine des applaudissements dans sa tête. Puis un vieux monsieur tombe, sous les yeux outrés de Jacques. Deux infirmières l'aident à se relever sifflant ainsi la fin de la récréation.

Jacques a toisé Madeleine. Longtemps.

« Ça va ? »

Puis il lui a craché des choses avec haine. D'abord doucement puis de plus en plus vite, puis excédé. Il a insulté Madeleine. Il lui a demandé ce qu'elle faisait là tous les dimanches. Elle n'avait pas mieux à faire ? Elle ne pouvait pas se trouver un type au lieu de se traîner là avec ses toiles d'araignées entre les cuisses. Elle ne pouvait pas le laisser crever tranquille ! Faire des enfants. Arrêter d'être gentille, de se rendre utile. D'acheter de la vaseline et toutes les conneries qu'il pouvait lui demander ! Elle ne pouvait pas vivre ! Au moins pour lui, par respect pour ceux qui n'avaient plus le choix.

Madeleine a baissé le visage. Elle s'est mise à renifler comme une adolescente.

Il lui a demandé de foutre le camp et de ne pas revenir.

Madeleine s'est levée. Elle avait l'air de *Cats* dans la tête. Elle a posé le petit sachet de cannelés qu'elle avait acheté pour Jacques puis elle est sortie.

Le vieil homme a fait une drôle de mimique avec sa bouche. Il a presque avalé son dentier. Puis il a marmonné des insultes dans sa barbe pour ne pas pleurer lui aussi. Il était rouge de colère et de honte.

Dans le couloir, il y avait une infirmière gênée qui avait dû tout entendre.

« Il est de mauvaise humeur, avec le spectacle qui approche », s'est-elle excusée pour lui.

Dans la voiture, Madeleine a espéré que ce vieux vive assez longtemps pour la voir au bras d'un homme avec deux enfants qui lui écraseraient les pieds.

Elle a roulé devant la mer. Elle aurait voulu y plonger, se confondre avec elle. Avoir la peau salée. Elle a pensé à Castellot. Elle a pensé qu'elle pourrait apprendre à nager pour lui faire une surprise quand il reviendra. Puis elle a eu honte de l'avoir imaginé. Elle a eu l'impression que tout le monde se moquait soudain d'elle et de son corps souillé. Castellot ne reviendra pas.

C'est une crêperie qui a été ouverte par des Chinois. On y sert aussi des nems et quelques plats au curry avec des nouilles sautées. Il y a des numéros sur le menu, la crêpe froment beurre sucre est désormais un 18, le cidre un 42. Au milieu de la salle, une petite scène sur laquelle on peut se serrer à deux afin de regarder l'écran sur lequel défilent les paroles du karaoké. Un micro sur pied qui sent le 26 parce qu'il y a beaucoup d'ail dans ce plat.

Au milieu des tables, de grands classeurs dans lesquels on peut choisir la chanson qu'on veut fredonner. Il y a plusieurs grandes tables et deux petites. À l'une d'entre elles, un type est venu chanter seul. Il mange un 12 de bon appétit et attend le Hugues Aufray qu'il a commandé. Il se chauffe la voix.

Les Kerguikou sont très excités. C'est la sortie du mois. S'imaginer que le cousin va peut-être conclure avec Madeleine, ça relance la libido dans le couple Kerguikou.

Ce soir j'attends Madeleine
J'ai apporté du lilas

J'en apporte toutes les semaines
Madeleine, elle aime bien ça
Ce soir j'attends Madeleine
On prendra le tram trente-trois
Pour manger des frites chez Eugène
Madeleine, elle aime tant ça

Rémi hoche la tête de droite à gauche, er rythme. À part la sueur, il n'a pas grand-chose de Brel. Il regarde Madeleine dans les yeux. Il pense : je vais pénétrer cette femme. Je vais entrer dans sa tête, dans son âme, dans son cul. Je suis puissant. Je suis un homme. Je vais y croire. Je chante. J'existe. Et il avance un pied décidé sur la petite scène du restaurant. Il est pathétique, le col de sa chemise est boutonné trop haut. Même quand il vient de se raser, il reste une trace sombre de barbe grasse. Il a des pellicules. C'est dommage, il exprime une sorte d'animalité, quelque chose qui aurait pu être séduisant.

Madeleine, c'est mon Noël
(…)
Même qu'elle est trop bien pour moi
Comme dit son cousin Joël
(…)
Elle est tellement tout ça

Madeleine est gênée. Et s'il ne lui restait que ça. Si sa dernière chance d'avoir une queue entre les cuisses c'était lui. Castellot ne reviendra plus. Il ne reviendra jamais et Madeleine vieillit. Il ne reviendra plus. Ses larmes lui coulent sur les joues et tombent sur la nappe en papier. Ça y est, pense Rémi. Je la tiens. Elle est émue. Oui, Rémi a raison. Elle a un chagrin immense. Coucher avec lui, se dit-elle, faire le deuil de la vie que j'invente. Comme un pieu qui enfoncerait mes rêves de jeune fille bien au fond de mon ventre et puis loin derrière moi. Il ondule, il croit qu'il entre dans la musique, qu'il est la musique. Si ses chaussures neuves ne lui faisaient pas mal aux pieds, il se serait peut-être envolé. Il fait des gestes d'oiseau avec ses bras.

Elle est toute ma vie
Madeleine que j'attends là

Elle a faim; elle mange un nem, il y voit un symbole phallique. Elle lui sourit parce qu'elle est gênée pour lui, il y voit un encouragement. Elle secoue le pied parce qu'elle en a marre, il se dit qu'elle apprécie sa voix. Rémi se sent en confiance. Il est le centre du monde. Il est une star.

Ce soir j'attendais Madeleine
Mais j'ai jeté mes lilas
Je les ai jetés comme toutes les semaines
Madeleine ne viendra pas
(...)
C'est mon Amérique à moi...

Et quand il dit Amérique, il y croit. Il croit au symbole parce qu'il n'aime pas trop l'Amérique, c'est trop loin. Il est à fond dans sa chanson. Il rebondit faux, comme il chante. Il est moche, moche, très moche.

Tiens le dernier tram s'en va

C'est lui, le dernier tram, la dernière chance. Il va falloir choisir entre le quai désert et la destination pluvieuse. Il a des bras quand même, et il tient chaud.

On doit fermer chez Eugène
Madeleine ne viendra pas
Elle est tellement jolie
Elle est tellement tout ça
Elle est toute ma vie
Madeleine qui ne viendra pas
Demain j'attendrai Madeleine
Je rapporterai du lilas

J'en rapporterai toute la semaine
Madeleine, elle aimera ça

Oui, avec elle, il pourra y avoir un lendemain. Une autre femme que sa mère pour l'aimer. La famille Kerguikou dans son ensemble tape dans les mains. C'est la parade. C'est Rémi le paon qui gigote et le reste des oiseaux qui l'encourage.

Comme dit son cousin Gaspard

C'est drôle, elle croit se souvenir qu'elle a effectivement un cousin Gaspard. Le fils du premier mariage de Pépé Jacques, qu'elle n'a jamais connu. Un type que son père a délaissé et qui n'aura sans doute pas la chance inouïe de voir la représentation de *Cats* aux Œillets.

Demain j'attendrai Madeleine
On ira au cinéma
Je lui dirai des « je t'aime »
Madeleine, elle aimera ça

Oui, peut-être bien qu'elle aimera ça. Il suffit de penser mécanique. Piston qui entre dans cylindre. Il suffit de penser pratique. Elle est déjà un peu une Kerguikou. À l'agence chaque matin. Allez, il faudra en passer par là. Il suffit de ne pas penser, de se bourrer la gueule. De se laisser enivrer par des je t'aime à l'accent breton. De s'émouvoir de pantalons en velours et de cols sales. De se laisser tenir la main.

C'est ce qu'il fait. Ça fait sourire la famille. On sort dans la rue. Madeleine a bu, vraiment bu, trop, trop, hi, hi, ça la fait rire, Mme Kerguikou aussi, mais pardon M. Kerguikou. Pensez bien, Madeleine ! On est là pour s'amuser ce soir. Ne venez pas ivre pour une visite. Ah, ah. Rires gras. Qu'ils sont cons, elle pense, mais elle se laisse faire Madeleine, elle choisit la destination pluvieuse. Elle a trop peur du quai désert.

Rémi lui ouvre la portière. Elle s'installe. Il démarre. Il roule vite jusque chez elle. Il veut lui montrer sa puissance. Elle a du mal à introduire la clé dans la serrure. Elle sent son souffle proche. Il se colle à elle. Son sexe a durci, il se colle à elle.

Ça la dégoûte mais son dégoût l'excite.

« Vous voulez boire quelque chose, Rémi ? » demande-t-elle pour retarder l'échéance.

C'est bizarre, normalement les Rémi sont beaux. Il y a des prénoms à être beau. À l'école, elle était avec un Rémi super-beau qu'elle avait retrouvé au lycée. Ce type-là, ce Rémi Kerguikou en face d'elle, ne devrait pas avoir le droit de s'appeler Rémi.

« Je voudrais boire vos lèvres, Madeleine », dit Rémi aviné et tremblant.

Madeleine est au bord du fou rire mais elle s'approche. Aucune voix d'homme n'a résonné chez elle depuis des années. Sa maison est vide de sexe, vide d'envie. Ses lèvres tremblotent. Ça la touche et les mains maladroites du Rémi pas beau aussi.

Il passe sous sa jupe, il lui frotte les cuisses. Madeleine lui attrape les mains et les pose sur son cul, elle essaie de lui faire comprendre qu'elle veut être empoignée, chevauchée. S'il lui laisse trop le choix, elle choisira de se barrer, de le repousser.

Ils sont nus dans le salon de Madeleine. Rémi la pénètre et pousse un râle. Il n'a baisé que des putes. Il ne sait pas comment on fait. Si c'est différent avec une femme qu'on veut épouser. Et ça dure. Madeleine s'en étonne. Elle voudrait le sortir de là, le repousser. Ça la rend nauséeuse ce corps étranger et visqueux qui la pilonne. Pourtant, quelques instants après, elle jouit, et Rémi aussi en Madeleine.

Elle s'endort, culotte baissée près de lui, dans le salon. Ce qui la réveille lui est étranger. C'est une sorte de signal de survie, d'étourdissement entre les rêves et sa vie pourrie. Elle a bu, elle est épuisée. Elle ne sait pas si elle marche vraiment jusqu'à la salle de bains mais elle voit l'action. Elle voit le chemin, elle voit un peu ses pieds, elle voit qu'il manque de la lumière. Et elle ne voit pas son reflet dans le miroir, rien, il n'y a plus rien. Rien que le reflet odieux de ce qu'elle aurait pu être, qui ne s'imprimera jamais sur la glace.

Quelques heures plus tard, le jour se fait sur leurs visages. Rémi ne s'est jamais réveillé avec une femme. Il n'a pas les moyens de pousser jusqu'au jour. Madeleine fait du café. Son haleine est pâteuse et elle va le rester. Elle voudrait dégoûter cet homme autant que lui la répugne.

« Bonjour, Madeleine. »

Elle lui répond un bonjour murmuré sans son prénom. Elle ne veut pas prononcer son prénom, pas faire exister la vérité. Elle pense à Castellot.

« Quand le reste de la famille va savoir ça… »

Elle lui tend une tasse de café au lieu de ses lèvres.

« Je vais être en retard à l'agence.

– Ils ne vous en voudront pas, ils ne t'en voudront pas, Mado », assure-t-il dans un sourire moche.

Pourquoi lui donne-t-il un surnom ? Est-ce qu'il va finir par se casser ? Elle laisse traîner les silences. Elle veut le faire crever de gêne. Il lui caresse les cheveux. C'est comme s'il l'avait violée, il lui fait peur.

Puis il s'en va. Il lui lance un dernier regard. Il

croit qu'elle est amoureuse. S'il savait siffler, c'est de bon cœur qu'il entonnerait *Madeleine* jusqu'à sa voiture.

Madeleine se douche plusieurs fois et met un pantalon large et un chemisier blanc. Elle arrive en retard à l'agence. La famille Kerguikou se redresse, mime un silence et retient ses sourires. Ils sont tout excités, comme des adolescents qui auraient regardé un film de cul en cachette.

Ils ne parlent pas. Madeleine sent les regards qui pèsent sur elle. Elle voudrait tout quitter, s'en aller. Elle se sent rougir. Elle a honte. Elle préférerait le bruit des cigales qui meurent à ce silence.

Elle se lève, fait du café. Le téléphone sonne. La vie reprend. Madeleine force la réalité d'hier soir à rester tapie, à ne pas être la vérité, juste une exactitude à un moment donné, pas la vérité.

Madeleine ne compte pas revoir Rémi. Castellot la submerge, plus que jamais. C'est comme si elle l'avait trompé.

Une heure après, Rémi appelle sur son portable. Elle ne répond pas, puis à l'agence. Elle abrège. Puis chez elle, elle lui dit qu'elle ne veut plus le voir et raccroche.

Rémi pense à Madeleine, à ce qu'il a fait de mal. Ça le fait chialer comme un gosse. Peut-être qu'elle a peur d'aimer trop fort ? Ça le bouffe mais il ne mange plus. Il écoute tout Michel Sardou. Il souffre. Alors c'est ça un chagrin d'amour ? Il en oublie même d'aller rendre visite à sa mère. Elle appelle chez le cousin Kerguikou qui explique la situation et elle le somme de l'arranger. M. Kerguikou s'exécute. Il convoque son employée mais le manque d'envie de coucher avec un cousin n'est pas une cause de licenciement et Madeleine s'en tire la tête haute.

Quand Madeleine avait huit ans, son beau-père a voulu la forcer à manger du foie de veau. Rien que l'odeur la rendait malade. Il a dit qu'une fois dans la bouche « ça glisserait tout seul ». Madeleine a refusé. C'était devant plein de gens à un déjeuner de famille. Elle a refusé à nouveau. Le beau-père lui a dit qu'elle ne sortirait pas de table tant qu'elle n'aurait pas mangé son foie de veau. À seize heures, les invités riaient en la montrant du doigt à travers la fenêtre du jardin. À dix-huit heures, ils sont venus lui dire au revoir. À dix-neuf heures, sa mère a demandé :

« Tu veux que je te le réchauffe ? »

À vingt heures, ils ont dîné autour d'elle. Madeleine avait faim. À vingt-trois heures, le beau-père, qui avait ri et s'était moqué, est devenu comme fou. Il a voulu la forcer à ouvrir la bouche et il le lui a écrasé dans la figure, c'était même rentré dans ses narines. Elle pleurait et ses larmes avaient le goût repoussant de foie de veau. Sa mère lui avait nettoyé le visage et lui avait dit :

« Tu t'es mise dans un bel état. »

Un jour, Madeleine devait avoir un peu plus de vingt ans, elle est allée seule au restaurant. C'était l'été, elle se souvient qu'elle portait une jupe trop courte qu'elle tirait sous la table pour protéger ses jambes des regards. Elle a commandé un foie de veau, et elle l'a mangé en pleurant. Ensuite, elle a tout vomi dans les toilettes. Elle ne sait pas pourquoi elle a fait ça.

Deux nuits passent, Rémi vient chaque soir sonner à la porte avec des fleurs qu'il finit par laisser sur le palier. Madeleine n'ouvre pas. Elle éteint la télé et la lumière et elle se cache chez elle. Le troisième soir, elle veut être ailleurs à ce moment-là. Elle a peur. Elle invite à dîner la couturière qui l'avait ramassée sur le trottoir. Elle a prévu d'aller la chercher et de l'emmener dans un bon restaurant de fruits de mer. Madeleine entend des pas qui s'approchent. Elle a peur, elle accélère.

« Madeleine ? Madeleine ! »

C'est Rémi. Il veut comprendre.

« Madeleine ! Tu ne réponds jamais. J'ai fait quelque chose de mal ? »

Madeleine n'a pas l'habitude de ce genre de situation. Comme tous les gens aimés pour la première fois, elle est méchante avec Rémi. Elle découvre la joie et le dégoût que cela provoque. Elle ne respecte pas Rémi Kerguikou. Un type qui l'aime ne peut pas être un homme valable. Il ne comprend pas, et comme c'est la première fois qu'il aime, il l'aime encore plus.

Elle l'oublie pendant le dîner. La couturière est heureuse, elles boivent du vin blanc et mangent des huîtres. Elles ont une connaissance commune, Brandon Bradley. Et la série télé donne lieu à une discussion joyeuse.

Quand elles sortent du restaurant, Rémi attend toujours à l'angle. Madeleine court jusqu'à sa voiture. Madeleine a peur de Rémi mais il occupe ses journées. Le reste du temps est silencieux et inodore.

Ce matin, Castellot regarde un album de photos à moitié plein. Il y a une photo de sa mère enceinte. Elle a l'air grave, comme si elle savait qu'elle ne verrait pas Antoine. Il y a une photo de son père barbu qui lui tient la main, ce sont ses premiers pas. Son anniversaire de six ans chez sa tante. Une photo d'identité qu'ils ont faite avec son père dans un vieux Photomaton. Ils sont tous les deux, Antoine a une coupe au bol. Une photo du mariage d'Antoine. Son père se tient un peu en retrait, il semble mal à l'aise, moins élégant que les parents de sa femme. Ça touche beaucoup Antoine. Il pensait son père sûr de lui, et là, grâce à ce petit mouvement capturé par la photo, il réécrit son histoire. Il s'autorise des doutes. Il voudrait pleurer pour son père, il n'y arrive pas. Il ne pourra pas pleurer dans sa vie en ordre, sur ce lit parisien. Il sait qu'il doit s'échapper. Il sait qu'il doit disperser le puzzle pour avoir la joie de le rassembler à son rythme.

Pépé Jacques refuse de s'alimenter. L'infirmière a appelé Madeleine. Il a perdu du poids. Il ne veut plus répéter, ils sont inquiets. Madeleine tape à la porte. Il ne répond pas. Elle entre. Il est fantomatique. Habillé du seul pyjama blanc de la maison de retraite.

« Ça va, Pépé Jacques ?

– Je veux mourir, Madeleine. »

Il risquait d'être vite exaucé. Madeleine ne l'avait pas vu depuis une semaine mais il avait jeûné depuis et on voyait ses os se dessiner sous sa maigre chair.

« T'es triste, Pépé ?

– Non, je pète la forme.

– Tu t'en veux de m'avoir dit tout ça ?

– Non.

– C'est comme ça depuis que Mme Guirec est morte. Il y a huit jours, a dit l'infirmière devant lui comme si Jacques n'existait déjà plus.

– Tu étais amoureux d'elle ? C'est ça ? essaie Madeleine en lui prenant la main.

– Pas du tout, c'était une conne facho ! Mais c'était Grisabelle, c'était ma Barbra Streisand et elle nous plante, là ! On était au point ! C'est fini, fini ! Il n'y aura pas de *Cats*.

– Quelqu'un peut sans doute la remplacer ?

– Tu connais beaucoup de bonnes femmes de plus de quatre-vingts ans qui tiennent la note de *Memory* ?

– Et toi, tu ne peux pas le faire ?

– C'est un rôle de femme ! Moi je suis déjà Rocky Tam Tam. C'est foutu, foutu ! Je n'aurai servi que de pissotière aux Bee Gees ! Voilà à quoi je suis bon, à me faire pisser dessus par des rock-stars. Autant crever !

– C'est vrai qu'elles chantent faux cette année », a repris l'infirmière comme si elle parlait d'une promotion d'université.

Madeleine pense qu'il y a une solution. Elle prend les choses en main. Elle se sent forte et elle ne veut pas laisser mourir Pépé Jacques.

Quand elle était petite, les autres enfants ne jouaient pas avec elle et Pépé Jacques avait toujours un geste affectueux, un mot. Il lui faisait des cocottes en papier qu'elle échangeait à la récré contre des berlingots et des caramels.

« Et si on faisait un casting dans une autre maison de retraite ? »

L'infirmière a fait une drôle de tête.

« Je ne sais pas si c'est autorisé par le règlement, a dit l'infirmière. Des fois qu'elle meure chez nous, on serait bien embêtés pour des questions d'assurances. »

Pépé Jacques a accepté de grignoter des crêpes dentelle si on trouvait une remplaçante à sa Barbra Streisand.

Madeleine est épuisée. Elle a vu une dizaine de jeunes filles octogénaires prêtes à tout pour décrocher le rôle de *Cats*. Elle a reçu des appels d'enfants des chanteuses, des types de cinquante ans, prêts à payer pour que leurs mères montent sur les planches. Elle a fini par garder la pressentie, Jeanne Le Ploch, née Bonaventure. Noire et rejetée par la moitié des autres retraités du Bon Repos. La vieille femme a une voix remarquable, elle s'est empressée d'appeler sa famille au Cap-Vert pour lui annoncer la nouvelle : elle allait jouer dans une comédie musicale !

Encore des fleurs sur le palier. Après une journée qui ressemblait à la dernière fête avant un enterrement, il ne lui manquait plus que des fleurs. Cette fois, Rémi a glissé une photo de lui avec un mot au dos : « Il reste une place pour poser près de moi. » De pire en pire.

Plus Rémi aime Madeleine, plus elle pense à Castellot. Elle sélectionne des maisons qui pourraient lui plaire au cas où il appellerait. Elle est toujours épilée. Toujours prête à le recevoir.

Elle en sourit parfois. Elle sait que tout ça est stupide. Elle regarde même Rémi qui s'éloigne après avoir déposé une lettre enflammée. Elle se dit qu'il serait plus simple de céder à la réalité mais il est trop tôt, elle n'en a pas le courage. Elle vit dans une bulle, elle n'a même pas connu l'adolescence ; comment pourrait-elle connaître la résignation ?

À huit ans, quand son père est mort, elle l'a attendu. Elle pensait qu'il allait rentrer. On lui avait bien dit qu'il était mort mais il avait été ivre mort plusieurs fois, il avait cuvé puis il était rentré.

« Ce n'est pas la peine de l'attendre, Madeleine, il est mort », lui a dit sa mère. Et elle a essayé d'aller la coucher.

Madeleine n'a pas voulu bouger. Elle s'est tenue à la rampe. Elle attendait. Le lendemain, elle s'est réveillée en bas des marches. Sa mère lui a dit de se presser. Elle l'a bien habillée, comme pour la communion de sa cousine. Maman qui ne portait que des couleurs vives avait mis du noir. La tante est venue les chercher. Elles sont allées à l'église, écouter des choses ennuyeuses. Madeleine devait être très belle parce que toutes les grandes personnes la regardaient avec des sourires gentils. Elle se disait que papa devait être très mort pour ne pas être là avec toute la famille. Heureusement, le prêtre parlait beaucoup de lui. Ensuite, ils sont allés au cimetière. Pépé Jacques lui a donné une cocotte et lui a caressé la tête.

« Tu seras toujours la bienvenue chez ton Pépé Jacques, tu sais. »

Puis une grande boîte est passée portée par deux hommes qu'elle ne connaissait pas et deux de ses tontons.

« Qu'est-ce qu'il y a dans cette boîte ? » a demandé Madeleine.

Comme personne ne lui répondait, elle l'a demandé plus fort, puis encore plus fort.

Sa mère s'est approchée : « Papa. Il y a papa dans cette boîte. »

Voilà comment on avait expliqué la mort à Madeleine.

Il est vingt heures. Le générique du journal télévisé retentit en même temps que la sonnette de la porte. Elle pense à la mort de son père parce que le journal s'ouvre sur le cercueil d'un chef d'État. Tous les cercueils lui font penser à son père. Toutes les boîtes de gâteaux qu'elle détruit, qu'elle dévore, lui font penser à des cercueils. Madeleine ouvre la porte. Elle espère que ce n'est pas Rémi…

Castellot a monté la première marche. Il la regarde. Elle baisse les yeux. Elle n'ose pas sourire. Un mouvement du corps de Madeleine l'autorise à entrer, ce qu'il fait. Castellot pose son sac dans l'entrée. Il regarde autour de lui.

Elle a le cœur noué, elle dit bas :

« J'allais dîner devant les infos… Je mets une deuxième assiette ? »

Son maigre sourire lui répond et il s'assied sur le canapé. Madeleine tremble, elle ne sait plus comment on fait. Où est sa cuisine ? Où est sa raison ? Elle vacille. Castellot est là, devant le poste de télévision, dans son salon.

À la télé, les gens ne sont pas contents et on les comprend, avec tout ça. Ben oui, rendez-vous compte ! Sans parler du reste. Mais là… Ça va loin. D'autant que c'est bien pire ! Ah, ça oui.

Castellot regarde les infos pour ne pas voir le reste. C'est à ça que servent les yeux, à être fermés ou distraits.

Elle pose les assiettes sur la table. La publicité

précède la météo. Madeleine s'agenouille. Elle prend le sexe de Castellot dans sa bouche. C'est comme un baiser. C'est un geste d'amour bien plus pudique qu'un baiser. Ses lèvres, elle n'ose pas, elle ne sait pas si elle en a le droit. Il en pleurerait s'il pouvait pleurer. Elle ne sait rien d'Antoine mais il n'a jamais été aimé comme ça. Sous sa salive et le va-et-vient de sa bouche, elle lui dit merci.

Peu importe s'ils ont mangé ou s'il fera beau demain et ce qu'ils regardent à la télé. Sans un mot, Castellot et Madeleine se couchent côte à côte, sans un geste d'affection, sans un mot. Sans un mot... Elle ne sait pas si elle dort. Elle vit son rêve, ça se passe de sommeil. Elle n'ose pas le toucher. Son estomac se noue lorsqu'elle le frôle. Elle a peur qu'il ne s'envole ou qu'il n'ouvre les yeux et de découvrir un autre homme, un imposteur. Elle a peur qu'il fasse jour et qu'il fasse trop nuit. Elle surveille le ciel. Elle découvre sa chambre ridicule. Cette chaise d'où sortent des brins de paille et des échardes. Pourvu qu'il ne se blesse pas demain. Elle regarde les taches d'humidité au plafond. Elle regarde ses propres pieds et le corps auquel ils sont attachés, elle se voit pour une fois. Castellot est épuisé. C'est comme s'il arrivait au bout d'une route, au bout de sa vie. Il est jeune pourtant. Madeleine l'observe sans oser le regarder vraiment. Ses paupières sont closes pourtant, mais elle a peur qu'il ne sente son regard amoureux à travers ces deux petits bouts de peau. Il n'a pas cinquante ans. Quelques mèches blanches viennent strier le noir de ses cheveux. Ses sourcils sont épais. Son menton anguleux, c'est un homme qui décide. Dans son visage mince, on lit pourtant un reste de joues pouponnes qui font que les femmes l'aiment. Il est homme, il est enfant. Il a la tignasse sombre d'un homme fort et les yeux bleus des promesses. Sa respiration est sourde. Comme celle d'un nouveau-né. Madeleine a peur qu'il ne meure. Elle le surveille, elle le couve. Il y a en elle une chose qui déborde, comme un halo d'amour qui l'enveloppe, elle marche entourée de ce qu'elle projette. Elle se couche forte de ce qu'elle a en elle, effrayée que ça puisse s'échapper.

Et c'est le lendemain. Madeleine descend prendre une douche. Castellot dort encore. Elle s'habille, le souffle court. Castellot dort encore. Elle s'avance vers lui, le regarde puis s'en va. La main de Castellot se pose sur son épaule alors qu'elle va ouvrir la porte. Il est presque endormi. Il courbe le corps de Madeleine vers l'avant, baisse son collant et la pénètre violemment. Il jouit, s'éloigne et la laisse tête baissée devant la porte. Quand elle s'essuie, il s'est déjà recouché.

Ça n'est pas sale. C'est fort. C'est bien au-delà des mots, de l'orgueil, du respect, de ce qui « se fait ». Les trois premiers jours, Castellot dort beaucoup. Comme un nourisson dans les bras de sa mère. Comme s'il n'avait jamais dormi. Il se réveille ivre d'un désir qu'il ne contient pas. Animal. Il ne pense même pas à plaire. Il se satisfait sans bruit. Madeleine lui laisse à manger. Il mange. Il boit au goulot de la bouteille près du lit. Il ne sait même pas quand il monte ou descend les escaliers. Il est à moitié en vie, convalescent.

À l'agence, elle ne pense qu'à lui, à sa présence. Sera-t-il là à son retour ? Le téléphone sonne. On lui raccroche au nez. Elle s'imagine que c'est lui, qu'il n'ose pas lui dire adieu.

Chaque jour elle tremble, elle trouve des excuses pour partir plus tôt. C'est vendredi soir. Madeleine se dit qu'il va rejoindre sa femme pour le week-end, qu'il va s'en aller. Elle voudrait lui arracher un mot, même pas un mot d'amour, juste un mot. Elle sait que tout va s'effondrer d'un instant à l'autre. Elle a mal dans le bas-ventre. Elle manque de lui. Il faut qu'elle y aille, qu'elle le retienne, qu'elle le voie. Elle prend toutes ses affaires. Elle dit à Kerguikou qu'elle a une visite. Elle fait visiter la grande maison bleue. Alors Kerguikou veut l'accompagner, il veut lui parler de Rémi. Madeleine lui répond que ce n'est pas utile.

« C'est toujours utile que je sois là pour une vente.

– Naturellement, monsieur Kerguikou. » Naturellement quand on a des acheteurs pense-t-elle, pas quand on veut se casser plus tôt du bureau.

Ils font la route vers la maison bleue. Elle sait que personne ne les attend là-bas, que Kerguikou va s'énerver, qu'elle devra faire semblant de téléphoner à des gens qui n'existent pas.

« De quelle nationalité sont-ils ?

– Belges... Heu, hollandais en fait mais qui vivent en Belgique. » Ça lui a paru mieux de rajouter des détails. « Grosse fortune dans le linge de maison.

– C'est bien, ça, c'est solide, les draps ! »

Madeleine a souri, embêtée. Pourvu qu'ils n'attendent pas trop longtemps, que Kerguikou décide très vite de se barrer, maudisse les gens qui leur font perdre leur temps et lui dise de rentrer chez elle. Ils roulent le long de la mer déchaînée. Il ne va pas tarder à pleuvoir.

« Vous avez des nouvelles de Rémi, Madeleine ? Vous savez qu'il est très malheureux ?

– Je sais, monsieur Kerguikou. Mais c'est un garçon bien, il va trouver quelqu'un.

– C'est vous qu'il veut et c'est vous qu'il aura, c'est un Kerguikou. »

Ils roulent en silence. Madeleine met un filet de radio. C'est une chanson des Bee Gees. La maison approche. Ils se garent devant. Kerguikou est déjà énervé par Madeleine. Elle pense peut-être qu'elle trouvera mieux que Rémi ? Kerguikou la détaille. C'est vrai qu'elle a de beaux yeux et de gros seins blancs. À ce moment précis, il comprend qu'on la désire.

« C'est nous qui sommes dans de beaux draps ! a-t-il dit à Madeleine alors qu'ils attendaient depuis un quart d'heure et que des gouttes commençaient à tomber. Appelez-les pour voir s'ils viennent. »

Madeleine a sorti son agenda et prétendu composer un numéro, elle a attendu un peu puis a affirmé qu'ils ne répondaient pas. M. Kerguikou a dit : « Message ! »

« Bonjour, c'est Madeleine de l'agence Kerguikou à l'appareil, je vous attends comme convenu devant la maison à la sortie de la nationale, deuxième à gauche dans le chemin de forêt comme je vous l'ai expliqué. C'est une grande maison bleue, vous ne pouvez pas la rater. À tout de suite, j'espère. »

« Ils sont cons ces Belges », a conclu M. Kerguikou, fin limier aux théories fines : les

Noirs sont cons ainsi que les Belges et les Suisses, qui en plus sont lents. Les Juifs complotent. Les Arabes détruisent. Et les Bretons ont des chapeaux ronds, ce sont des gars bien, des gars solides. Il commence à pleuvoir sérieusement. Ce n'est pas dans les habitudes de l'agence mais M. Kerguikou a décidé d'entrer avant eux. Il pense qu'il faut qu'ils aient tout de suite l'impression de propriété et veut toujours que les acheteurs potentiels le précèdent dans la maison.

Au loin, une famille de quatre personnes court pour s'abriter.

« Voilà, ça doit être eux », dit Kerguikou.

Même Madeleine le croit, l'espace d'un instant, avant de se rappeler qu'« eux » n'existent pas, qu'elle a simplement menti pour rejoindre Castellot, qu'aucune visite n'est prévue.

Castellot regarde la pluie qui tombe. Il ne pense pas. Tout le fatigue, tout l'épuise. Il ne bouge pas de la place qu'il a prise sur le canapé. Il zappe. Il boit du Coca light. Il dort un peu, souvent.

La famille se rapproche.

« Vous voilà ! crie M. Kerguikou. Vous venez visiter la maison ? Je suis le M. Kerguikou de l'agence Kerguikou View, ravi. »

Le père lui a tendu la main, Madeleine a compris leurs sourires. Il manquait plus que ça, des cons qui viennent se mettre à l'abri de la flotte. Le fils doit avoir dix-sept ans. C'est une asperge boutonneuse. Il plie sous le vent, sous le poids de son insouciance. La fille n'a pas d'âge, elle est attardée mentale. Elle sautille dans la maison, elle veut prendre la main de Madeleine. Kerguikou lui fait signe de la laisser faire, ça peut aider à la vente.

« C'est donc vous que j'ai eu au téléphone ? » essaie Madeleine.

Le père approuve. Kerguikou veut commencer la visite.

« Il n'y a pas un petit quelque chose à boire ? Pour se réchauffer ? » demande la mère.

Kerguikou fait un signe du menton à Madeleine, la jeune fille a les mains moites et la serre fort. Madeleine leur explique que la maison est inhabitée depuis longtemps, c'était celle d'une grand-mère, les héritiers ne sont jamais venus. Kerguikou cherche quand même et il trouve un digestif costaud, un alcool de poire qui titre quarante degrés d'alcool mais pas de verres. La famille va boire au goulot. Un peu chacun.

« Même la petite ? » demande Kerguikou.

La petite fille attardée boit l'alcool comme de l'eau. Les parents la laissent faire comme s'ils attendaient qu'elle se tue d'une manière ou d'une autre. Madeleine intervient. Elle attrape la bouteille et lui dit que ça suffit. Elle fait une drôle de grimace mais accepte de lâcher la bouteille. Ils commencent la visite. Madeleine voudrait les confondre, lâcher la main poisseuse de la petite fille qui ne cesse de l'embrasser.

« Il y aurait moyen de passer la nuit ici ? dit la mère, pour sentir les ondes ?

– Je ne pense pas, dit Madeleine tout de suite.

– On va se renseigner... Pourquoi pas ? Après tout, la maison est inhabitée. Mais ce n'est pas très propre..., reprend M. Kerguikou.

– C'est mon métier, je fais des ménages. Je vais arranger ça très vite, dit la mère joviale qui a oublié son rôle de Belge hollandaise.

– Mais... Pardonnez-moi... Comment auriez-vous les moyens d'acheter cette maison si... Dans quoi est monsieur ? » s'inquiète Kerguikou.

Il est dans la merde a pensé Madeleine, voilà dans quoi il est. Et peut-être qu'elle aussi, il faut qu'elle fasse mine de découvrir l'imposture avec M. Kerguikou.

« Je ne reconnais pas la voix que j'ai eue au téléphone, dit Madeleine à Kerguikou.

– Vous aviez bien rendez-vous pour une visite ? » demande M. Kerguikou, tendu.

Maintenant la jeune fille enfonce ses ongles dans les doigts de Madeleine qui veut dégager sa main mais elle a une force incroyable. Ils se savent démasqués. Le père se met à toucher son pantalon nerveusement. Il va en sortir un flingue, pense Madeleine, et je vais mourir sans avoir dit à Castellot que je l'aimais. Le visage de la mère se déforme et effraie la petite qui lâche Madeleine. M. Kerguikou téléphone déjà à la police.

La petite essaie maintenant de griffer Madeleine au visage. Elle court dans le salon tandis que Kerguikou cherche un réseau pour appeler son copain gendarme. Madeleine s'enfuit, se cache derrière les fauteuils.

« Elle est là ! » crie la mère en montrant Madeleine du doigt.

Au même moment, Mme Castellot est en ligne avec le commissariat. Elle n'a pas eu de nouvelles de son mari depuis deux semaines. C'est étrange. C'est trop tôt pour parler de disparition d'après la police. Ils lui font joyeusement comprendre qu'il y a peut-être quelqu'un d'autre dans sa vie. Qu'elle appelle la banque s'ils ont un compte commun, qu'elle regarde les derniers mouvements de sa carte bleue. Ce qu'elle fait. Mais il a payé son billet d'avion en liquide. Rien. Pas une trace. Le bureau ne sait pas non plus. Il s'est volatilisé entre la maison et son premier rendez-vous. Elle ne dit rien aux enfants. Il est officiellement parti en voyage d'affaires d'urgence. Mais elle dit qui elle est. Elle fait intervenir ses relations. Le soir même, il y a des photos et des portraits-robots d'Antoine dans tous les commissariats. La femme d'Antoine est une femme profonde qui a toujours mis ses chagrins en berne. Elle a accepté les codes de son milieu parce qu'elle avait prévu à chaque fois l'issue de ses rébellions. Une fois, elle a aimé très fort un homme qui l'aurait enlevée avec ses deux enfants. Ça la dévorait, c'était inimaginable, mais elle a choisi de ne pas choisir. De rester dans le cadre établi. Elle a imaginé que l'amour s'essoufflerait un jour, que ce serait compliqué, qu'il faudrait affronter des larmes, expliquer ses choix, entendre un jour les reproches de ses enfants. Elle ne veut pas sortir du tableau. C'est une petite fille qui met les bonnes teintes aux bons endroits sur son carnet de coloriages et elle avait toujours pensé qu'Antoine était son semblable. Elle va quand même chez le coiffeur, le fait d'être mal peignée ne le fera pas revenir.

Ce sont les cheveux de Madeleine que la petite handicapée tire maintenant. Il y a des cris. Beaucoup de cris. Tout le monde crie. Kerguikou a prévenu sa femme qui arrive avec les flics. Le père essaie discrètement de chaparder une gravure dans la cohue. Kerguikou est monté sur la table de la salle à manger avec une louche, il donne des coups sur la tête de la petite quand elle passe. Le fils écoute son walkman dans un coin comme s'il vivait une scène quotidienne. Madeleine n'a jamais autant couru depuis ses cours de sport au lycée. Elle ne veut pas rentrer défigurée au cas où Castellot serait toujours là.

Ça dure mille ans. La jeune handicapée ne se calme pas. Elle détruit la maison. Sa mère fume une cigarette et prend des babioles sur la cheminée qu'elle balance dans son sac, frénétique. Heureusement, Kerguikou est une figure locale. La police arrive vite. Dans la voiture, Madeleine a du mal à respirer. Elle est encore sous le choc. Mme Kerguikou serre son mari dans ses bras. « Heureusement que je suis venu avec vous », dit M. Kerguikou très fier.

Au commissariat, ils déposent une plainte. Au-dessus de la tête du policier, il y a un portrait-robot de Castellot. Madeleine est certaine qu'il s'agit de lui. D'ailleurs plus loin, il y a une photo de lui. Elle a les yeux fixés dessus pendant toute sa déposition.

Quand Madeleine était petite et qu'elle vivait dans le Sud, il y avait un champ de fleurs jaunes devant sa maison. Elle aimait ces fleurs tout particulièrement parce qu'elles s'ouvraient avec le soleil et se refermaient au fur et à mesure que la journée déclinait. C'étaient des fleurs dormeuses. Madeleine les appelait ses « paresseuses ». Un jour, son beau-père en a eu marre et a décidé qu'il fallait tondre. Madeleine s'est insurgée. On ne tue pas des fleurs qui dorment, c'est la preuve qu'elles ont une âme, peut-être même font-elles des rêves ! Elle s'est mise au milieu du champ devant le tracteur en affirmant au beau-père qu'il faudrait l'écraser d'abord s'il voulait tondre ses paresseuses. Elle est restée comme un piquet au milieu du champ et le beau-père lui a foncé dessus, elle a juste eu le temps de rouler de côté. Ça lui a permis de savoir que personne ne tenait vraiment à elle puisque sa mère avait laissé faire et elle a compris également qu'elle estimait sa vie plus précieuse que ses convictions. Aussi, quand elle a vu le portrait de Castellot affiché devant le commissariat parmi les personnes disparues, elle s'est assurée qu'il n'avait tué personne.

Madeleine n'est qu'une grosse Bretonne amoureuse, ce n'est pas Bonnie.

Jamais Madeleine ne connaîtra son prénom. Elle n'ose pas le lui demander. Au commissariat, il n'y a qu'un portrait-robot. Jamais elle ne prononcera « Antoine ». Castellot, son petit château, c'est tout ce qui restera.

La femme d'Antoine Castellot parle de son mari dans tout Paris. Elle est souvent invitée. Chacun a son hypothèse. Le meilleur ami d'Antoine lui a un peu touché les seins l'autre soir pour la consoler. Certains pensent que la femme d'Antoine Castellot s'inquiète pour son compte en banque et pour les assurances vie, il n'y aura pas d'argent sans corps froid. En réalité, elle a peur qu'il ne lui soit arrivé quelque chose de grave, encore plus peur qu'il n'en aime une autre. Elle préférerait le voir à la morgue plutôt qu'au bras d'une autre.

Quand Madeleine sort du commissariat, il est tard. Mme Kerguikou a répété mille fois : « On n'a jamais vu ça chez Kerguikou View, jamais.

– Si vous aviez quelqu'un comme Rémi dans votre vie, il serait là pour vous attendre, lui dit fièrement Kerguikou. Pensez-y. »

Castellot n'est pas parti. Il dort sur le canapé. Il fait dos à Madeleine. Elle n'ose pas allumer la télé. Elle s'assied sur le peu de place qui reste. Puis elle prend le plaid et en recouvre Castellot. Quand elle lève la tête, derrière la vitre, elle voit le visage de Rémi sous la pluie battante. Il a le visage mouillé. Il est presque beau tant il a de chagrin. Il soutient le regard de Madeleine puis s'en va. La fenêtre semble morte sans personne derrière.

Castellot respire fort. Elle se penche un peu sur lui mais n'ose pas coller ses seins contre son dos. C'est intense. Il y a comme une force, une pression entre leurs corps séparés, un air qui pèse lourd.

L'église est à l'angle de la rue. Madeleine aime passer devant. Elle y entre rarement. Elle n'espère rien ; le temps suit son cours, c'est tout. Dieu n'y peut rien, pense Madeleine.

« Je viens me confesser, mon père. Mon père, vous êtes là ?

– Un instant, ma fille, j'envoie un texto et je suis à vous. Voilà. Racontez-moi.

– Je ne sais pas par où commencer.

– Par ce qui vous tourmente, ma fille. »

C'est le sexe de Castellot qui me tourmente, pense-t-elle.

« Je vis avec un homme et nous ne sommes pas mariés.

– Mais c'est de bon augure. Nous pouvons célébrer une union rapidement, ma fille.

– Non, mon père. Il est déjà marié.

– Mais qu'en est-il de sa femme ?

– Je ne sais pas. Il n'en parle pas. Il ne parle jamais d'ailleurs, il me fait juste l'amour.

Mme Castellot a été abandonnée. C'est comme ça. Ce matin, seule dans son lit, elle se l'avoue, elle a mal à en crever. Elle espère qu'il est mort, elle espère qu'il a souffert, elle souhaite qu'il ait une excuse valable. Elle respire mais rien n'y fait. Elle a pris du ventre en quelques semaines. Elle a enfermé l'angoisse, l'après, le souvenir de ce qu'il était dans son ventre qui grossit. Elle a mal de ne pas avoir su lui parler, l'entendre. Mal de ne pas avoir pleuré à l'enterrement de son père et de l'avoir empêché de pleurer par son masque. Elle a mal de ne plus l'aimer vraiment, de détester ses manies. D'avoir laissé le dégoût prendre souvent la place de l'attendrissement. Cette habitude qu'il a de se curer les dents pendant les repas et de remâcher ce qu'il attrape derrière une molaire. La chasse qu'il ne tire jamais. Sa façon de parler mal aux petites gens et de voter à gauche. Tout ça, ça a pris la place de ses yeux et de son corps. À quel moment ? Elle n'en sait rien. Est-ce que les yeux peuvent revenir par-dessus ? Sans doute. Elle l'espère. Si elle prend le temps de lui serrer la main à nouveau, si ça ne l'agace pas. S'il la regarde comme une femme qui s'échappe et pas comme un objet parmi les autres de sa maison. S'il retient la course du temps pour eux deux, pour eux deux… Est-ce que la course s'est arrêtée pour une autre ? Est-ce qu'il est en danger ? Est-ce qu'il s'est tué ? Que doit-elle dire à ses enfants ?

Castellot s'imagine qu'elle fera ça très bien. Elle fait tout très bien. La décoration de leurs maisons, les dîners, les tenues, les valises. Il a oublié la gamine maladroite qu'elle était et qui l'avait ému au point de l'épouser malgré l'opposition de ses parents. Elle était une fille de bonne famille libanaise désargentée. Antoine est le fils d'un nouveau riche. Son père, Gilbert, a inventé une façon de conserver les crêpes très longtemps sous un plastique spécial. En dix ans, il est devenu le roi mondial de la crêpe, son fils a fait de grandes études et on a oublié qu'il écorchait des lapins pour la fin des vacances. C'est devenu un « grand monsieur ». L'argent donne de l'allure. Les silences des riches se transforment en profondeur.

Antoine est parti pour Paris. Il voyait son père une fois par an. Il lui faisait un peu honte mais c'était sur sa fortune qu'il avait bâti la sienne, il fallait le sortir, l'emmener au théâtre, puis plus tard, organiser des dîners pour lui avec des gens connus. Antoine a bien pensé à engager des sosies, une année, pour ne pas se ridiculiser, mais la découverte de la supercherie lui aurait coûté des millions.

Madeleine rentre affolée de l'agence. Elle a toujours peur de ne plus le retrouver. Castellot est toujours là. Madeleine se penche, elle défait la braguette de son pantalon mais il pousse son visage, comme si un chien avait voulu le mordre. Il fait mal à Madeleine. Elle pense que ça l'excite, elle se penche à nouveau mais il la rejette plus fort encore. Il se lève doucement pour prendre son manteau. Sans un regard.

« Où tu vas ? »

Sans un mot.

« Réponds-moi au moins. »

Castellot ouvre la porte.

« Mais tu veux quoi à la fin ? Qu'est-ce que tu veux ? Tu ne dis rien ! Tu ne dis jamais rien ! »

Sans une larme.

À ce moment, elle le hait. Elle ne pleure pas, elle voudrait lui cracher dessus. Il l'humilie, il la méprise. Elle le sait. Madeleine ne sait plus si elle passe la nuit debout, si elle s'assied, si c'est elle qui casse le carreau de l'entrée. Madeleine ne croit pas dormir, elle est entre parenthèses.

Le jour est levé quand Castellot revient. Il a tourné dans Brest. Les rues se ressemblaient. Une qui descend, une qui monte. Toujours du gris, des hortensias dans les petits jardins qui précèdent les grandes façades. De petits magasins. Des gens qui marchent vite. Peu de voitures. Des cafés qui sentent le tabac froid. Castellot ne trouve pas ce qu'il cherche. Pas un seul coin de bleu. Rien à part ses yeux et ceux de Madeleine qui se promènent en lui, qui montent et qui descendent et encore et encore, comme les rues. Castellot s'est perdu. Il se sent libre d'être nulle part, comme s'il était un peu mort. Il revient à l'aube. Il a eu très froid. Il est transformé. Il n'est pas beau. La barbe rougie. Il n'aime pas son visage le matin.

« Je voulais voir la mer mais je ne l'ai pas trouvée. »

Madeleine prend son manteau. Ils roulent jusqu'à la pointe Saint-Mathieu.

Castellot ne marche pas à côté d'elle. Il est toujours en retrait, dans son monde et dans son espace. Il se souvient bien de leurs premières visites. Il lui demande si les maisons ont été vendues. Elle lui parle des lapins. Elle lui demande pourquoi, il répond qu'il fantasme à l'idée qu'ils se fassent bouffer par des chiens qui s'emmerdent à manger des croquettes. Madeleine sait qu'il y a du bon chez Castellot mais qu'il n'aime pas le laisser deviner. Il joue au dur. Il est bercé à l'air de Paris, à cette vague de méchanceté qui rend intelligent, cette suffisance qui rend riche. Elle sait que Castellot n'est pas capable d'entendre un mot gentil, de supporter une caresse qui veuille dire autre chose que du sexe. Il lui dit qu'il se souvient de tout, de cette première journée et de celles qui ont suivi. Il lui avoue aussi qu'il est là parce qu'il ne décide pas de tout, parce qu'il y a la vie, le mystère des pas que l'on fait malgré soi. Il lui dit en fait qu'il n'a pas envie d'être là mais pas envie d'être ailleurs non plus. Il lui dit qu'il a besoin d'elle.

Un type en combinaison de plongée entre dans l'eau et monte sur sa planche, sa voile qui se gonfle de vent, l'entraîne au loin.

« Un jour tu vas nager, Madeleine. Un jour tu vas te jeter à l'eau et puis voilà. Comme un chien d'abord, la tête au-dessus de la flotte et puis ça grandira. La confiance. Ton envie. Regarde la mer. Ça ne te fait pas envie ? »

Si. Mais elle avait plus peur qu'envie. Elle s'est approchée de lui. Il en était gêné, elle sentait son souffle saccadé. Ils ont marché jusqu'à la voiture comme s'ils étaient un couple.

Castellot est élégant, il a cette nonchalance des gens élevés à l'abri du besoin, ses yeux bleus balaient les êtres et les choses comme si tout lui appartenait déjà. Et tout lui appartient, parce qu'il n'en doute pas. Il s'assied à la place du passager,

Madeleine le conduit comme un convalescent. Ils rentrent chez Madeleine. Castellot retombe dans le silence. Il reprend sa place dans le canapé. Madeleine voudrait qu'il lui caresse la tête, qu'il la protège. Si un voleur rentrait avec un tisonnier, il l'observerait froidement briser le crâne de Madeleine. Mais il ne lui arriverait rien. Castellot est trop impressionnant. Elle se surpasse en cuisine mais il mange à peine. Il a beaucoup maigri depuis qu'il est arrivé. Il est l'heure pour elle de rejoindre la famille Kerguikou au travail. Elle continue à respecter les horaires, comme un automate. Elle fait comme s'il ne se passait rien. Cette histoire n'appartient qu'à Madeleine et Castellot. Personne ne sait. C'est comme s'il ne se passait rien. Madeleine veut repasser devant la mer. Peut-être y a-t-il quelque chose qu'elle ne saisit pas ? Peut-être qu'elle lit mal le monde ? La voix de Castelllot rebondit dans sa pauvre tête : « Un jour tu vas nager, Madeleine. » Sans savoir quand, elle a enlevé ses chaussures et elle a avancé. Elle a sans doute laissé la portière de sa voiture ouverte. Madeleine a de la mer jusqu'aux cuisses. Des vagues claquent sur sa culotte. Sa jupe s'est enroulée tout autour de ses jambes. On dirait un jambon bouilli. Elle pleure. Elle chiale, la malheureuse. Les gens pourraient rire d'elle. Pas belle sous ce ciel de Brest. Elle n'a rien d'une héroïne.

Rien d'une femme aimable. Elle n'a rien que du chagrin comme un galet. Pas de message à mettre dans une bouteille. Et même pas de bouteille. Du verre cassé, poli par le sel et l'eau. Du verre vieilli qui ne lui coupera même pas les pieds. Ces bouts de verre que les enfants prennent pour des trésors et qui leur survivent sur des coins de plage sales.

« Un jour tu vas nager, Madeleine. Un jour tu vas te jeter à l'eau et puis voilà. Comme un chien d'abord, la tête au-dessus de la flotte et puis ça grandira. La confiance. Ton envie. Regarde la mer. Ça ne te fait pas envie ? »

La Bretagne a un paysage qui nargue. Un paysage définitif. Même la mer lui en veut, fouette ses rochers, fort, la tabasse. Mais la Bretagne tient debout, elle a toujours été là, elle sera toujours debout, intacte. Même odeur de sel, d'immense. Odeur de possible, ivresse de liberté. Là où tout est fermé pourtant. Il est midi, il fait déjà nuit. Hier matin c'était pareil. Le soleil brillait, il faisait déjà un putain de noir. C'est sombre, c'est impossible. On est prisonnier dans le paysage, putain de paysage immortel. Et comment peut-il la désirer ? Comment peut-elle s'oublier ? Oublier que ce n'est pas possible. Qu'il la pénètre comme on pénètre un cadavre encore en chair. Qu'il la veut comme on veut d'un garçon boucher le tablier en sang.

Quand il embrasse Madeleine, Castellot se réconcilie avec son père. Il lui dit : tu vois, papa, je n'avais pas honte de toi. Tu vois, je désire une fille simple, une Bretonne, quelqu'un du monde d'où tu viens. Quand Gilbert Castellot a commencé à gagner beaucoup d'argent, il s'est acheté une voiture de course. Antoine avait huit ans. Son père l'emmenait faire des virées. Antoine avait le droit de klaxonner les filles. Antoine lisait *Pif Gadget*, le journal communiste. Son père le lui achetait toujours, il a continué quand il a eu de l'argent. Dans un numéro très chouette, Antoine Castellot avait eu des autocollants qu'il s'était empressé de coller le long de la belle voiture pour faire plaisir à son père. Quand Gilbert Castellot a découvert ça, il s'est retenu de crier, il a regardé Antoine qui souriait, inconscient du fait que ça pouvait être une bêtise. Alors, son père les avait laissés, sans honte. Pour faire plaisir à Antoine.

Plus tard, Gilbert avait offert de nombreux cadeaux à son fils et sa famille. Des cravates hideuses. Des bols bretons avec les prénoms de la famille. Du parfum pour madame. Des toiles de pêcheur. Rien qui puisse être agréable à des gens de goût, à un certain milieu. Antoine aurait dû insister, boire dans les bols plutôt que de laisser sa femme en faire des gamelles pour leur labrador.

À l'agence, un Australien est venu. Il avait des moustaches et une voix aigrelette. Madeleine a pensé au Bee Gees. Peut-on être un Bee Gees ou est-on un des Bee Gees ? En tout cas, ce gars-là ne lui inspirait pas confiance et, quand il a demandé à M. Kerguikou le nombre de salles de bains et de TOILETTES d'une des maisons, elle a tendu l'oreille. Pépé Jacques n'est peut-être pas entièrement mythomane. Kerguikou lui a dit que monsieur n'était pas dans le show-business, que monsieur était dentiste. Madeleine en a été très déçue.

Cet après-midi, elle fait visiter la maison dans laquelle Castellot lui a fait l'amour pour la première fois. Il n'y a pas d'enfants, pas de chien. Les visiteurs ont l'air intéressés par la maison. Madeleine réalise qu'elle ne veut pas la vendre. Elle voudrait que ce soit un sanctuaire. Son endroit avec Castellot ne peut pas être occupé par d'autres gens. Ils s'en vont, elle les remercie puis elle retourne là-bas et se couche sur le lit. Elle dort une heure. Depuis que Castellot vit chez elle, elle manque de sommeil.

Ce soir, il y a un pot à l'agence, M. Kerguikou a vendu un phare à un passionné taiwanais un peu fou. Madeleine voudrait venir avec Castellot, leur montrer l'homme qui dort chez elle mais elle n'ose pas lui adresser la parole. Quand elle rentre, il s'est endormi sur le canapé du salon. Peut-être cette nuit se réveillera-t-il brûlant de désir ?

Castellot n'est plus là, ce matin. Madeleine a regardé par la fenêtre. Il est parti. Ça y est, il est parti. Quelques affaires sont encore là, mais il peut ne pas revenir. Sa valise a disparu. « Sa valise n'est plus là ! » voudrait hurler Madeleine. Un cri affreux sort de sa poitrine, une voix qu'elle ne connaissait pas, de la douleur pure. Madeleine ne peut pas sortir, pas travailler, pas prévenir. Elle reste accrochée au silence, pour ne rien perdre du bruit que feraient ses pas s'il rentrait. Il fait lourd cet été en Bretagne. Il pleut de chaud. En Bretagne, il ne fait pas beau, il change de façon de pleuvoir. Comme si on restaurait un tableau. Les couches du temps s'effacent puis reviennent à nouveau comme une chape sur les gouttes. La Bretagne est grise. D'un beau gris bleuté. Une couleur de mélancolie. De passé. Quand les Bretons n'ont pas cette couleur dans les yeux, ils l'ont dans le cœur. Tous les Bretons ont un joli coin de gris. Comme la pointe d'un rocher battu par la mer, incapables d'être heureux longtemps.

Il n'y a pas une pute rue de Siam. Plus une. C'est quoi cette histoire de pute. Il caille trop.

Les putes, elles font des crêpes ou elles sont au chômage. Qui baise ici ? Personne. Des gamines engrossées trop tôt. Des couples qui déménagent. Il y avait vraiment des putes rue de Siam ? Il faut être un poète pour l'écrire et un con pour le croire. Aujourd'hui, Castellot a croisé une femme voilée et un mec à l'arrêt. Rien. Pas l'odeur d'une femme rue de Siam. Un vent qui balaie, qui transperce les joues de froid. Un vent au fond salé. Comme du beurre dégueulé.

La nuit tombe une seconde fois comme les rideaux dans les théâtres. Il fait très sombre. Madeleine attend. Il est presque minuit. Castellot croyait avoir le choix mais c'est trop tôt, il est collé à ce destin, à cette histoire sinistre, à cet appartement qui sent l'humidité, à ce corps qui diminue sous ses doigts, à cette femme qui mange de moins en moins, qui disparaît sous ce qu'il est. Il n'est personne ici. Il est tout le monde. Tout ce que Madeleine voudra imaginer de lui. Sa valise pèse mille vies. Celle qu'il voudrait vivre et celles qu'il a ratées et la sienne et les choix qui viendront. Ici, il n'a même plus de prénom. Antoine. C'était la seule chose que sa mère avait décidée pour sa vie avant de mourir : son prénom. « Antoine, disait-elle en caressant son ventre, Antoine »… Certaine qu'il s'agissait d'un garçon.

Son petit garçon. Elle l'avait même décrit, lui avait raconté son père. Comme si elle connaissait son enfant depuis longtemps, comme si son visage ne pouvait être que celui-là.

Il est devant la maison. Madeleine a eu peur qu'il se perde. Qu'il soit triste. Elle n'a rien dit quand il est rentré. Elle a pris son manteau et il est retourné dans le coin gauche du canapé.

« T'es sorti ? »

Bien sûr qu'il était sorti, il venait de rentrer. Il n'a pas répondu et elle s'en est voulu. Comme si elle l'avait insulté. Et ce tutoiement, c'était moche. La phrase était moche.

« Je t'ai fait un thé. »

Oui, il voit bien. Elle lui pose la tasse entre les mains et lui sa valise, à nouveau sur le sol. Mais il ne faut pas la défaire. Il va falloir s'en aller. Bientôt. D'un coup.

Elle ne s'est pas douchée depuis ce matin. Elle n'aurait pas voulu qu'il arrive et qu'il la trouve nue. Elle aurait eu honte, comme si elle ne le connaissait pas. Le voilà, sur le canapé à nouveau. Castellot, sans prénom, sans langue, sauf pour fouiller le corps de Madeleine.

Je ne le connais pas, elle s'est dit. Il y a un homme dans mon salon, qui me baise, que je nourris et que je ne connais pas. J'ai peur. Je ne peux pas me foutre sous la douche comme s'il ne se passait rien. Elle s'est sentie mal, elle a eu envie de demander de l'aide. Au lieu de ça, les larmes ont coulé, elle tenait une poêle dans la main mais rien ne cuisait dedans. Le feu bleu de gaz attendait plus loin. Les larmes perlaient, coulaient même sur ses grosses joues. « Je t'aime », elle a dit, tout bas et moche en reniflant. Et puis elle l'a répété tout bas. « Je t'aime. » Castellot a allumé la télé.

Dans la rue de Madeleine, il y a des fantômes. Celui de Mimosa, le chien bleu des Kergadec, emporté une nuit de juin. La fille Baptise, morte d'un coma éthylique à quatorze ans. Une vraie locale qui suivait l'exemple de sa famille. Ils n'avaient pas eu le temps de se rendre compte comme elle était belle. Dieu, qu'elle était belle ! Conservée à jamais dans ses beaux quatorze ans, imbibée d'alcool comme un animal dans un bocal. Le fantôme de Gwenaëlle aussi. En vie mais plus loin, entre Marseille et Orange. Son mari l'attend toujours vingt ans après son départ vers le soleil avec un gitan noir comme la nuit. Alors que le fantôme qui hante Madeleine pointe le bout de son nez, on n'aimait pas trop ça. C'était se moquer de la rue. En Bretagne faut pas faire mieux, faut pas faire pire, faut faire aller et foutre ton chapeau de pluie. De quel droit ce fantôme-là se mettait-il à baiser ? À manger ? Manquerait plus qu'il parle. C'est normal, ce silence, Madeleine. Il faut respecter les autres chagrins. Castellot qui est un chagrin à lui tout seul le sait. Castellot se doute que sa femme le cherche. Castellot s'en fout un peu. Il est fatigué de tout. Il voudrait pleurer ou dormir vraiment mais rien d'autre ne lui vient qu'un silence paresseux.

Enfant, Castellot était toujours le premier. En pension, il voulait bouffer les autres, comme ces arbres qui grandissent et dont l'ombre bouffe les racines des petits. Sans pitié, comme on respecte la nature. Il était le premier en mathématiques, en récitation, en gymnastique, le premier au dortoir, le premier à faire une connerie aussi. Il poussait tout à son summum. Quand son père a commencé à gagner de l'argent, il lui a offert une voiture rouge à pédales. Il la conduisait pour aller à la messe mais, au retour, le directeur avait exigé qu'il la partage avec ses camarades chacun leur tour. Castellot s'en souvient comme d'un moment affreux. Les autres n'en prenaient pas soin, faisaient des dérapages, risquaient de la briser contre un arbre à tout moment. Ensuite, il y a eu la période des filles du pensionnat d'à côté. Castellot a toujours eu du succès avec la femme. Pour lui c'était un sport comme un autre. Il appliquait les règles, il marquait. Il ne se souvient pas d'avoir intégré les sentiments dans ses performances. Il a toujours trouvé ces petits oiseaux espiègles. Et plus les filles étaient jolies, mieux elles connaissaient les règles et plus elles les contournaient.

Castellot avait rencontré sa femme à Sciences-Po, elle faisait des études pour se trouver un mari. Fille d'une grande famille d'industriels libanais ruinés qui voulaient un mariage consanguin, elle avait néanmoins des rêves de Prince Charmant auquel Castellot, avec son port de tête et ses yeux profonds, donnait corps à merveille. Ils se marièrent vite. Elle arrêta, comme il se doit, ses études avec l'apparition dans son ventre de son premier enfant. Castellot fit un parcours exemplaire de fin d'études et de choix stratégiques. Il fut l'un des premiers loups de l'informatique. Sa femme n'avait jamais eu à se plaindre, elle recevait des cadeaux pour leurs anniversaires de mariage, assez de lest pour avoir un amant qu'elle ne prenait pas, assez d'argent pour entretenir son corps et remplir son placard des vêtements de grands couturiers.

Leurs enfants sont caricaturaux de perfection et d'ennui. Quelques bêtises adolescentes qui servent d'anecdotes hilarantes dans les dîners. Du succès, partout. Jamais de discussions profondes avec leurs parents.

Parfois, Madeleine regarde Castellot assis sur le canapé, elle le méprise. Tout en chair. Tout en dents. Déjà pourri, déjà mort. Et là, un instant, elle ne l'aime plus. Elle lui en veut de poser son cul sur son canapé. D'être là, de mâcher, de faire des bruits humains, de chier dans ses toilettes. Elle pourrait crier, lui jeter des mots à la gueule et des objets qui traînent mais, l'instant d'après, la plaie s'ouvre de nouveau. Plus vive, plus profonde qu'avant. Et ça submerge tout. Ça rend tout neuf, propre comme avant. Madeleine a annulé son voyage en Grèce, elle a déjà un truc en os à la maison. Elle est très embêtée parce que Castellot est toujours devant la télé et qu'elle ne peut pas regarder Brandon Bradley. Elle appelle la couturière qui l'invite à venir regarder la télé avec elle. Elle a raté un épisode. Brandon est tombé amoureux d'une femme qui sort du coma. Elle est amnésique et elle embrasse Brandon alors qu'elle est mariée et qu'elle a des enfants.

« Moi aussi j'aimerais bien être amnésique, dit la couturière. Si c'est pour embrasser Brandon Bradley, je peux même faire semblant d'avoir oublié mon mari ! »

Ça énerve beaucoup Madeleine. Elle sait que Brandon Bradley plaît à de nombreuses femmes mais imaginer la couturière l'embrasser à pleine bouche, ça la dégoûte. Elle sent le poids soudain de toutes ces libidos frustrées, de cet amas de lèvres gercées s'abattre sur l'homme de ses rêves. Elle prétexte une urgence, puis elle part. Elle espère avoir Castellot pour elle seule. Parfois elle veut lui demander : « Et ta femme ? Ta femme qui ne veut pas la Bretagne ? Elle fait quoi ? » mais elle se retient. Elle n'a ni ce droit ni ce devoir. Elle est à part. Elle est l'intime, la femme devant laquelle on n'a pas de pudeur. La femme qu'on baise comme un animal mais avec qui on reste parce qu'elle ne pose pas de questions.

Madeleine a mis une jolie robe et du rouge sur ses lèvres. Castellot la regarde vivre, tourner autour de lui. Elle n'oublie pas de mettre le bracelet que Pépé Jacques lui a offert alors qu'elle n'était qu'une jeune fille. Aujourd'hui c'est le spectacle de *Cats*.

Castellot la regarde comme s'il ne l'avait jamais vue. La vie lui manque. Il se sent prêt à parler, à rire. Il se lève et se rase. Madeleine met un gilet puis pousse la porte d'entrée.

« Attends-moi !

– Tu veux venir ?

– J'ai besoin d'air.

– Je ne vais pas faire une chose très intéressante...

– Habillée comme ça ? Tu as rendez-vous avec un autre homme ?

– En quelque sorte... »

Castellot a encore un peu de mousse à raser dans le cou, Madeleine l'essuie. Il la laisse passer devant et lui demande les clés de la voiture. Il conduit, il agit. Quand Madeleine lui indique le chemin, elle se sent fière. Ils arrivent devant la pancarte des Œillets, maison de retraite bigoudène. Castellot sourit.

« Ce n'est pas une simple visite, c'est le spectacle de fin d'année. »

Madeleine claque la porte de la voiture. Aux Œillets, elle est la star. Tous les papis ont le béguin pour elle. Elle est la nièce d'un mec qui envoie chier les Bee Gees.

Castellot la suit. Il y a de la musique. La directrice, une fringante sexagénaire, distribue du jus de fruits à la louche dans des gobelets en plastique.

« Vous nous présentez pas monsieur ?

– Jean-Jacques de Kergadec. Je suis le fiancé, dit Castellot.

– Enchantée », la directrice tortille du cul.

Madeleine s'amuse. Elle est heureuse, elle imagine qu'ils pourraient être un vrai couple. Lorsqu'ils s'éloignent un peu, Madeleine lui demande si Jean-Jacques de Kergadec est son vrai nom. Antoine Castellot répond par la négative mais ne lui confie pas son prénom. Celui qu'il est n'a rien à faire ici. Ici, il est celui qu'il aurait pu être s'il n'avait pas échappé au destin que lui prédisait son père.

« C'est bien pour ton grand-père de te croire fiancée avec un noble breton ? Non ?

– C'est bien pour moi, de me croire fiancée avec un noble breton », répond Madeleine qui se sent belle et confiante. Après tout, cet homme est chez elle depuis plusieurs mois. Il lui fait l'amour.

Pépé Jacques est arrivé en peignoir pour camoufler sa tenue de scène mais sa queue de chat dépasse un peu.

« Tu es venue accompagnée, je vois. Tu crois que c'est le bon jour ?

– C'est toi qui me l'as demandé, Pépé Jacques. Souviens-toi. »

Il serre la main de Castellot avec toute la fermeté que lui permet son âge.

« Tu as le trac, Pépé ?

– Elle est vraiment bien la négresse que tu m'as trouvée.

– Ne parle pas comme ça, Pépé.

– Il faut appeler un chat un chat, surtout quand on joue *Cats.* » Il rit.

« Ne vous mettez pas là, il y a des places réservées pour mes invités. »

Les gens s'installent petit à petit. Le jardin est plein de chaises en plastique. Les petits-enfants viennent voir le spectacle de fin d'année de leurs grands-parents. On peut déjà voir le décor sur la petite scène. C'est une décharge bariolée dans laquelle vont évoluer les chats. La directrice distribue des rafraîchissements. Les infirmières sont en civil mais portent des badges avec leurs noms afin que les familles puissent discuter avec elles des « progrès » de leurs vieux.

La directrice s'excite comme une puce et tape dans les mains : « Attention ! Ça va commencer ! Asseyez-vous ! Silence ! Ça va commencer ! »

Le spectacle commence. On ne peut pas dire que l'histoire soit très élaborée. Il s'agit de plusieurs tableaux de chats qui racontent leurs destins et leurs histoires respectives. Voilà Grisabelle, la belle Jeanne noire choisie par Madeleine, elle lui sourit avant d'entamer *Memory*. Elle est un peu dodue dans son costume de chat qui avait été conçu pour la vieille sèche qui est morte. Il a fallu élargir un peu avec du tissu dans le dos, on voit bien les coutures. Grisabelle raconte sa beauté fanée et le temps qui passe. Deutéronome vient la chercher pour la mener à la félinosphère, le paradis des chats.

C'est entre le ridicule et le bouleversant. Voilà Pépé Jacques qui chante, qui swingue, un peu faux mais sympathique. Il s'est rajouté un chapeau pour faire un petit numéro de claquettes. Dans sa tête, il pense aux Bee Gees qui n'ont qu'à bien se tenir.

Madeleine tape dans les mains et Castellot sourit. Les gens sont heureux, les caméscopes tournent à plein régime. Le chœur des chats fait des doo wap accompagnés d'une petite chorégraphie concoctée par Jacques. Les voix sont un peu chevrotantes, certains félins ont du mal à se mouvoir mais le tout est émouvant. Un des chats tombe, une infirmière se précipite mais il se remet à danser sous le regard inquisiteur de Jacques : « Tu mourras après, Jean-Claude ! » marmonne-t-il.

Enfin, le final a lieu. Les dentiers étincellent de fierté.

Bravo ! Bravo ! L'assistance est debout.

Les vieillards épuisés en costumes incongrus de chats viennent embrasser leurs familles. Pépé Jacques reçoit les félicitations chaleureuses de Madeleine et de Castellot. Il n'est pas content.

« Ils ont écorché tous les mots, ces cons… Des poèmes de T. S. Eliot, quand même… »

Madeleine marche tout près de Castellot, ils se frôlent. Elle s'imagine qu'ils se tiennent la main. Elle fait le geste. Elle serre fort la main qu'elle réinvente dans sa paume aux lignes confuses.

Castellot n'a pas enlevé ses lunettes de soleil. Il s'assied dans la voiture avec Madeleine, ils se regardent puis ils rient très fort, à gorge déployée. Ils ont un fou rire qui les libère, qui les rassure. Madeleine démarre.

« Tu veux manger une glace ? »

Il ne répond pas. Madeleine considère que ça veut dire non mais elle y va quand même. Ils s'arrêtent sur un petit port. C'est noir de monde. Il y a de nombreux vacanciers avec des gosses sur des épaules et des chiens sans laisse au bout.

Il commande une glace au citron, Madeleine choisit fraise et mûre. Castellot a l'air vivant. Il regarde Madeleine.

« Je venais dans le coin quand j'étais gosse, avec mon père. On allait chez un glacier qui n'existe plus, c'était un Italien qui servait des cornets immenses. Mon père aimait que ça déborde de chantilly, il voulait toujours qu'on ait des glaces plus grosses que les autres. Même quand il n'avait pas d'argent. Il faisait rajouter des vermicelles, de la sauce au chocolat, des petits parasols en papier. Ma mère est morte quand je suis né. Il n'y avait personne pour s'occuper de nous à la maison alors on est partis en pension. On ne voyait pas souvent notre père. L'été, en période de glaces… Ma sœur s'est mariée vite. À seize ans, avec un type du coin qui faisait des planches à voile et ils sont partis vivre en Australie. Ça peut paraître dingue mais je n'ai même plus son adresse. Au début on s'appelait, puis on s'est écrit, puis de moins en moins. Un jour elle m'a dit qu'elle déménageait, qu'elle me ferait parvenir sa nouvelle adresse et puis elle ne l'a jamais fait. Elle a peut-être perdu la mienne dans son déménagement, je ne sais pas. Ça ne me manque même pas. J'essaie de la retrouver pour lui dire que notre père est mort, ne serait-ce que pour l'héritage... Mais je crois qu'elle s'en fiche. Elle vit comme une hippie. Au soleil... Mon père a fait fortune quand j'avais dix ans environ. J'ai changé de pension et d'uniforme. Changé de copains. Changé de ton, même de voix. Je me rappelle m'être dit un jour que j'avais une voix de riche... Voilà, j'ai appris en allant chez les autres. J'ai regardé comment on se tenait à table, j'ai copié. J'ai lu les bons livres, vu les bons films, assez pour faire illusion... J'ai gagné de l'argent à mon tour. Je me suis marié avec une femme qui ne sait pas ce que c'est que manquer. Elle a tout, tellement que, parfois, elle n'a plus rien. Et quand on recevait mon père, j'étais mal à l'aise. C'est comme si j'étais démasqué, que tout ce qu'il y avait de plouc en moi resurgissait à travers lui. Il tenait son couteau dans la mauvaise main, il mangeait dans les plats, il mettait des costards en velours...

Il n'a jamais su avoir l'air de ce qu'il possédait. Quand j'étais petit, il m'achetait les plus grandes glaces du monde… Il m'achetait les plus grosses glaces du monde et moi j'ai eu honte de lui. Il est mort maintenant, je regrette. Pour moi, les glaces, c'est mon père, c'est les vacances… »

Madeleine s'est levée un instant. Elle était heureuse d'avoir attendu tout ce temps pour que Castellot parle. Elle a commandé en cachette une glace énorme pleine de chantilly et elle la lui a fait livrer. Elle a attendu qu'il la finisse pour ne pas l'embarrasser, cachée dans un coin, puis elle est revenue.

« On y va ?

– Merci, Madeleine… C'est vrai que tu ravives des souvenirs. »

Ça se passe dans la maison de Madeleine. L'odeur d'humidité s'en est allée avec l'été chaud de cette année. Castellot attrape le visage de Madeleine. Il la regarde longtemps puis il l'embrasse. C'est un baiser d'amour, c'est un baiser d'adieu. Lent, ils attrapent leurs lèvres puis se détachent l'un de l'autre et reviennent attirés, aimantés. Puis il la prend dans ses bras, avec tendresse. Si seulement il pouvait pleurer son père. Si cette femme pouvait l'y aider. Madeleine ne sait pas quoi faire. Soudain, elle n'a plus de désir pour Castellot, juste un flot de bonté, de compassion.

Le mois d'août s'en va mais pas le soleil qui brille encore. Madeleine plisse les yeux, elle a oublié ses lunettes. Elle rentre d'une visite matinale. Ses clients veulent acheter la maison qu'elle leur a montrée. Ils ont rendez-vous pour l'estocade avec M. Kerguikou. Madeleine est libre pour la journée. Libre d'aller retrouver Castellot. Elle sourit. La vitre de sa voiture est baissée, un peu de vent lui caresse le visage. Elle longe la côte. Quelques vacanciers traînent encore jusqu'à la mi-septembre.

« Un jour tu vas nager, Madeleine. Un jour tu vas te jeter à l'eau et puis voilà. Comme un chien d'abord, la tête au-dessus de la flotte et puis ça grandira. La confiance. Ton envie. Regarde la mer. Ça ne te fait pas envie ? »

Oui, ça lui fait envie ce matin. Elle est seule mais elle est bien. Elle a envie pour elle, même pas pour le dire. Elle a envie d'exister. Elle se gare puis elle descend les escaliers qui mènent à la plage. Elle tient ses chaussures à la main. À son ombre sur le sable, elle se dit qu'elle a minci. Il est encore tôt. Le club de voile ouvre. Un grand garçon juste pubère achève de mettre en place les mâts et l'ardoise qui indique « La journée de cata ». Il regarde Madeleine qui va et vient sur la plage.

« Vous voulez faire un tour de cata ? » il lui crie.

Madeleine approche.

« C'est que... Je ne nage pas très bien. Je n'en ai jamais fait.

– C'est pas un problème, dit-il en décrochant un gilet de sauvetage orange. Je suis Loïc. Avec moi vous ne risquez rien. On y va ? »

Madeleine se laisse faire alors qu'il enfile le gilet sur son tee-shirt. Elle laisse son sac à main dans un coin de la cabane du club de voile. Loïc tire déjà un Hobie Cat à l'eau. Madeleine sait qu'elle va y aller mais elle est calme. Elle pense que ce n'est pas un jour comme les autres, que les choses vont changer.

Sur ses pieds, les vagues s'amusent, elles clapotent. Puis jusqu'à sa culotte, sous son short trop serré à la taille.

« C'est rare les baleines qui font du catamaran, dit-elle pour préciser à Loïc qu'elle se sait pas jolie et l'autoriser à en rire.

– Vous ne devriez pas parler de vous comme ça », répond-il sèchement.

Madeleine en a les larmes aux yeux. C'est la première fois qu'on la défend contre elle-même. Elle a envie de gifler Loïc, de l'embrasser aussi.

Trop tard. Il lui tend la main, elle grimpe sur le bateau.

« Vous ne pourrez plus vous en passer bientôt, vous verrez. Alors faites bien ce que je vous dis, et n'ayez pas peur, ces bateaux sont presque faits pour voguer debout. »

Comme les bateaux de la chanson, pense Madeleine : *Maman les petits bateaux qui vont sur l'eau ont-ils des jambes ?* Ça y est le vent les emporte. Madeleine a peur mais elle se sent bien. Elle a confiance en Loïc. Il a le profil du type à qui il n'arrive rien, qui mange des légumes bio avec bonheur, qui épouse sa copine de classe et tient sa promesse de fidélité.

« Ça ne va pas un peu vite, là ?

– Préparez-vous ! » crie Loïc moitié amusé, moitié professoral.

Le bateau se dresse soudain et Loïc a la tête en arrière. Madeleine est presque debout.

« Penchez-vous en arrière. N'ayez pas peur ! »

Comment fait-on pour ne pas avoir peur, se demande Madeleine. Il ne suffit pas de le vouloir. J'ai peur, c'est ainsi. J'ai peur, toujours peur.

« Vous ne risquez rien ! » reprend Loïc.

Et c'était vrai. Elle n'avait rien à perdre, tout à vivre. Le vent chargé de sel lui griffait le visage comme les baisers d'un homme. Le soleil la caressait. Le bruit du bateau apaisait ses angoisses. Elle a souri en regardant sa montre mourir, elle n'était pas étanche. Le temps ne comptait plus. Là, comme un poids, elle a vu sa peur couler au fond de la mer. Tout au fond. Et elle l'a plantée là. Loïc a viré de bord et le bateau a basculé de l'autre côté, comme le visage de Madeleine au même moment. De la peur à l'envie.

Elle est couchée sur l'eau maintenant. Les vagues ondulent sous son dos. Ses cheveux trempent dans l'eau de la mer, pour la première fois. Madeleine est heureuse. Elle voudrait crier son bonheur. Madeleine commence à vivre à nouveau. Elle a envie de parler, de dire à Castellot qu'elle l'aime, qu'elle veut l'épouser, qu'elle veut des enfants.

Ils se rapprochent de la plage, et là, Madeleine saute à l'eau. Elle est froide. Elle bat des pieds. Le gilet lui remonte jusqu'au cou. Elle rit, elle nage jusqu'au bord. D'abord comme un chien et puis un peu mieux.

Elle jette son gilet de sauvetage sur le sol. Elle crie : « Merci, merci ! » Loïc la trouve si sympathique, il lui crie qu'il faudra qu'elle revienne.

Madeleine démarre en trombe. Elle dit : « Je t'aime » sur tous les tons. « Je t'aime » fort, timide, sincère, espiègle. Elle dit, elle crie. Elle voudrait son prénom. Elle voudrait sa main. Elle voudrait exister avec lui maintenant qu'elle sait comment ça fait au fond du cœur. Elle roule vite. Elle risque de déraper au bord de la falaise. La mer se déchaîne tout à coup comme le corps de Madeleine. Mais elle s'éloigne déjà sur la route départementale vers Brest.

Madeleine se gare, mal. Elle ne ferme pas la porte. Elle court vers lui.

« Castellot ! » Ça la fait rire de l'appeler par ce nom de famille idiot : « Je t'aime, viens je t'aime, j'ai nagé ! Castellot. »

Elle monte le premier escalier puis le second. Il dort sans doute. Mais le lit est vide comme le placard.

« Castellot ? »

Dans le taxi qui le mène à l'aéroport de Brest-Guipavas, Antoine Castellot pleure enfin. Il pleure la mort de son père, sa femme qu'il a oublié d'aimer, et l'ombre qu'il laisse chez Madeleine. Il sait qu'il ne reviendra plus, ni en elle, ni à Brest. Il sait qu'une part de lui, un bout de cette ombre, vivra encore en toile de fond dans les dîners, les rendez-vous, les réunions, le temps qui passe.

La voiture de Madeleine roule vers l'aéroport, elle ne va pas trop vite. Elle sait que c'est ainsi. Que les hommes comme Castellot n'aiment pas les femmes comme elle. Qu'il lui a offert son épiphanie, qu'elle est libre, mais sans lui. Elle roule pour le voir une dernière fois, pour un signe, pour un geste. Il est trop tard. Les passagers ont embarqué.

C'est une femme qui sourit. Qui regarde l'avion partir. Madeleine a collé son visage contre la vitre et elle pose ses mains autour et elle appuie et elle voit enfin plus loin. Elle espère le convaincre de tourner la tête. Il est déjà dans l'avion. Son amour. Son grand amour. Elle sait qu'il ne reviendra pas mais elle veut lui dire merci, alors elle le chuchote et, en lui, quand l'avion décolle, Castellot l'entend.

Pendant longtemps, Madeleine a dû penser à respirer, ça ne lui venait plus naturellement. C'était étrange à regarder. Lorsqu'elle était concentrée sur une idée, elle pouvait ne pas respirer pendant une quarantaine de secondes puis l'air venait à lui manquer, alors elle ouvrait grand la bouche. Ça lui donnait des vertiges, comme quand on se lève soudain.

La nuit, elle dormait mal, elle avait peur de mourir étouffée. Ça revenait, par périodes, comme si elle cherchait seule à se priver d'air et de vie. Elle se disait que c'était peut-être de l'asthme et que ces tubes blancs que les gens se vaporisent dans la bouche pourraient l'aider, mais elle ne prenait jamais rendez-vous chez le médecin ni ailleurs. Elle avait peur que ça puisse bloquer son destin. Et puis, elle n'avait personne pour la forcer à y aller ni pour la plaindre, après.

Ça ne lui était pas naturel, la vie. Elle se forçait, elle insistait, elle volait tous les bouts de destin oubliés par les autres. Elle s'en foutait d'avoir mal, elle voulait exister. Castellot avait laissé une porte ouverte en elle. Elle prenait tout : les rendez-vous oubliés, les suicidaires méchants, les accidents au coin de la rue, les contrôles de police, les annonces déchirées et les magazines porno. Elle avalait ce qu'on lui donnait, elle prenait ce qu'on ne voulait pas. C'était toujours ça de volé à la mort. Elle apprenait des poèmes, elle bouffait les briques des bâtiments, elle connaissait le nom des rues comme si elles étaient amies. Un peu plus, chaque jour, elle voulait des couleurs sur ses joues, d'autres corps dans le sien. Et de petits bouts de magie entre ses lèvres et celles des garçons. De petits bouts de magie qu'elle comprimait très fort, et puis d'autres encore, et encore, quand ils étaient usés. Un an après, elle a revu Rémi. Il marchait dans la rue. Il a relevé son col. Il l'a émue. Elle lui a posé la main sur l'épaule, il s'est retourné vers Madeleine et il a souri.

Du temps était passé. Il avait séduit d'autres femmes. Il était sérieusement engagé avec l'une d'entre elles, professeur de français. Il faudrait retourner au karaoké chanter *Madeleine*, avaient-ils ri puis il l'avait laissée seule au milieu du trottoir.

Le visage de Castellot laissait peu à peu de la place. Il était beau mais lointain désormais. Madeleine avait vendu la maison de leurs ébats. La canicule était prévue jusqu'en Bretagne cet été-là. Les choses faisaient croire qu'elles changeaient.

Septembre. Il ne fait pas spécialement beau, il ne pleut pas, c'est déjà ça. Les Kerguikou sont au complet. Madeleine est désormais une des leurs. Elle vient de prendre pour époux Rémi Kerguikou à la mairie de Brest. Elle porte un tailleur blanc à liserés marine. C'est distingué. Ils n'iront pas à l'église. C'est trop de tralala. M. Kerguikou, agent immobilier de son état, est fort heureux. Les choses sont telles qu'elles doivent être, c'est-à-dire comme il se les imagine. Madeleine sourit un peu. Elle ne sera plus jamais seule dans le silence de son appartement.

La mère de Rémi est là dans sa chaise roulante, elle fait savoir à Madeleine qu'elle la déteste. Dans ses gestes, dans ses regards, il y a du poison. Elle s'est habillée en noir après avoir longtemps hésité avec le blanc. Elle s'est dit que dans sa chaise, on ne pourrait pas la confondre avec la mariée et qu'il valait mieux marquer le deuil. Madeleine lui vole son fils. Rémi sourit sans cesse, sa bouche ne se referme pas. Il a acheté un appareil numérique et il photographie tout le monde. Il a mis une belle cravate et un costume beige. C'est M. Kerguikou qui leur a trouvé une maison, une jolie maison neuve avec un bout de jardin rien qu'à eux. Pépé Jacques n'est pas venu. Il n'était pas pour cette union, il aurait voulu que Madeleine vienne s'installer avec lui maintenant qu'il faut le torcher. Il ne veut pas des infirmières, c'est Madeleine qu'il lui faut pour l'aider à mettre ses pantoufles, pour lui faire de la soupe, pour lutter contre le méchant Bee Gees. Il la trouve trop vieille pour se marier. Resserrez-vous. Ça y est. On va prendre la photo. Elle ornera une autre putain de cheminée. Un jour, la maison sera à vendre. Un jour, Madeleine mourra d'un cancer, Rémi lui tiendra la main. Elle pensera à Castellot qui aura traversé sa vie comme on traverse un couloir. On nous voit et puis plus. On partage sa peau pour un moment qui se sauve. Voilà. Castellot n'a jamais existé. Un jour, Madeleine rentrera d’une visite et sa secrétaire lui dira qu’un Antoine a appelé pour elle.

« Antoine ? Je ne connais pas d’Antoine. »

Pour l'éditeur, le principe est d'utiliser des papiers composés de fibres naturelles, renouvelables, recyclables et fabriquées à partir de bois issus de forêts qui adoptent un système d'aménagement durable.

En outre, l'éditeur attend de ses fournisseurs de papier qu'ils s'inscrivent dans une démarche de certification environnementale reconnue.

Ce volume a été composé
par IGS-CP à L'Isle-d'Espagnac (Charente)
et achevé d'imprimer en août 2007
sur presse Cameron
dans les ateliers de Bussière
à Saint-Amand-Montrond (Cher)
pour le compte des Éditions Stock
31, rue de Fleurus, 75006 Paris

Imprimé en France

Dépôt légal : septembre 2007
N° d'édition : 91477 – N° d'impression : 072704/4
54-51-6079/5